おっさん、異世界でドラゴンを育てる。
Ossan isekai de Doragon wo sodateru
鈴木竜一
illustration:ヨシノリョウ

主な登場人物
高《たか》峰《みね》颯《そう》太《た》
異世界に迷い込んできた本作の主人公。ひょんなことから手に入れた竜と話せる能力を活かし、ドラゴン育成牧場のオーナーとなる。
イリウス
牧場で暮らしている、ややお調子者のドラゴン。
キャロル・リンスウッド
颯太がお世話になる牧場で働く健気な少女。ドラゴンが大好き。

ブリギッテ・サウアーズ
竜を専門に診《み》る美人な医者。
何かと颯太のサポートをしてくれる。
ハドリー・リンスウッド
ハルヴァ王国竜騎士団の分団長。
マッチョなのに理知的。
ノエル
颯太が出会った謎の少女。
メアと深い関わりがある様子。
メア
牧場にやってきた少女。
頭に角が生えているが……？

どこにでもいる普通のおっさん、高峰颯太《たかみねそうた》の最大の失敗は、就職時の会社選びだったかもしれない。

もともと口下手で、人付き合いが得意ではなかった颯太の就職活動は最初から難航を極めたものだった。

秀《ひい》でた成績を修めたわけでもなく、海外留学の経験や資格があるわけでもない。

そんな平凡――よりちょっと劣ると言っていいステータスしかない颯太を雇ってくれる企業は、なかなか見つからなかった。

特に苦戦したのが面接だ。大学時代まで友だちができず、ずっと一人で過ごしてきた。そのせいで、会話が勝負の鍵を握る面接でまともに言葉が出ず、面接官の質問にアワアワしてばかりだった。

面接官たちの厳しい視線を思い出すたびに、颯太は胸が締めつけられて呼吸が苦しくなるようになり、その結果として完全にコミュ障となってしまったのだ。

颯太の就活はその後も連戦連敗だったのだが、四年の秋にとうとう奇跡が起きる。地元中小企業から内定をもらえたのだ。

営業職という、コミュ障の颯太にはかなりハードルの高い部署だったが、何より内定をもらえたことが嬉しかった。

両親も喜んでくれた。

これで安心して死ねるよ、なんて冗談が飛び出すくらいに。

しかし迎えた社会人一年目、颯太は社会の厳しさを知る。

面接の際に親切に応対してくれた営業部長は、まるで人格が入れ替わったかのように陰湿で高圧的な態度を取るようになり、先輩社員たちからも雑用を押しつけられるばかりで、営業の仕事に関することはほとんど教えてもらえなかった。

颯太はそのような環境に適応できずにいたが、同期で入った連中は、上司や先輩にうまく取り入って仕事をこなしていた。

わかっている。

悪いのは愚図《ぐず》で無能でコミュ力のない自分だ。

そう何度も言い聞かせた。

やるせない気持ちをなくすことはできなかったが、グッと歯を噛みしめて、ずっと耐えてきた。

そして——気がついたら十年以上の時が経ち、颯太は三十四歳となっていた。

なんとか耐え続けていたが、ある日突然倒れ、救急車で運ばれてしまう。医者によれば、強いストレスと過労とのことだった。

そしてついに、病院から帰る途中で今の仕事を辞めようと決意した。

「……転職しよう」

その翌日。

退職届を懐《ふところ》に忍ばせて通勤していた時、駅のホームで猛烈な目眩《めまい》が颯太を襲う。

「あ、ヤバい」と思った時には、もう意識が遠くなっていたのだった。

◆　◆　◆

「ここは……」

気がつくと、颯太は燦々《さんさん》と降りそそぐ陽射しの下で突っ立っていた。

驚きのあまり、しばらく呆然としてしまったが、とりあえず周囲の様子を探ってみる。

どうやら、深い森の中にいるようだ。

足元に広がっていたはずのアスファルトは消え去り、ろくに整備されていない土の道がどこまでも続いている。無機質なコンクリートのビル群は見たこともないサイズの巨大な木へと姿を変え、若干の冷気を孕《はら》んだ風が梢《こずえ》を揺らしていた。

現在地を知りたくて携帯電話を取り出すが、圏外になっていて使い物にならない。

仕方なく、颯太は穏やかな森の中を当てもなく進んでいく。

都会ではお目にかかれない、飾らない自然の姿が颯太の視界いっぱいに広がっていた。ただ立っているだけで心が洗われ、安らぐ。

「それにしたって……」

どこまでも変わらない、木々に囲まれた風景。

たしかに爽やかで清々《すがすが》しい気分になるが、さすがにこうも変化がないとその感動も徐々に薄れていく。どんなに美味しい料理でも、同じ物を食べ続けていれば飽きてしまうのと同じだ。

ひたすら森を歩き続ける颯太だったが、やがて疲れ果てて近くにあった大きめの岩へ腰を下ろす。

「……暑い……疲れた」

どうにか今日中に家へ帰りたいと願っていたが、休息は必要だ。

出勤途中であったため、革靴にスーツという格好も疲労増加の原因となっていた。

上着を脱いでネクタイを外し、しばらく休憩する。それから汗でじっとりするカッターシャツ姿で、颯太は再び移動を開始した。

しかし、一向に森を抜け出せないまま日が暮れてしまう。

夜になると野生動物と遭遇する可能性がある。そういった危険を避けるため、颯太は岩陰で睡眠をとることにした。

通勤用バッグに常備してあるショートブレッドタイプの携帯栄養食を割って少しだけ食べ、なんとか飢《う》えをしのぐ。歩いている途中、食べられそうなキノコや木の実も見つけたが、知識のない中でむやみやたらに自然の物を口にするのは躊躇《ためら》われた。

細心の注意を払い、颯太はなんとか眠りに就《つ》いた。

◆　◆　◆

「はあ、はあ、はあ……」

日常とはかけ離れた極限の生活が続き、迎えた四日目。

積み重なった疲労により、颯太の体はもう限界間近だった。

そんな時、颯太の耳に何かの声が飛び込んでくる。

「……なんだ？」

人間のものではなく、動物の鳴き声みたいな。

「あっちの方から聞こえたな……」

導かれるように、颯太は声のした方向へ歩きだす。

十中八九、野生動物の鳴き声なのだが、今の颯太の脳内では「もしかしたら誰かが連れてきたペットかも」という思考が働いていた。極度の疲労と緊張感から、冷静な判断力を失っていたのだ。

しばらく歩き続けるが、声の正体はなかなか掴《つか》めない。

「少し休憩しよう……」

大きく息を吐き、手近な岩へと腰を下ろす。

そして、何気なく顔を上げた瞬間――

「うん？」

颯太は首を捻《ひね》る。

颯太の目の前には岩壁がある。岩肌に苔《こけ》でも付着しているのか、薄い緑色をしていた。

それが今、ちょっと動いたような気がしたのだ。

岩壁の全体像を見るため、颯太はその場から少し後退して顔を上げる。

「っ！」

次の瞬間、信じられない光景を目の当たりにして、絶句した。

颯太が見ていたのは岩壁などではなかった。

マンガやアニメでしかお目にかかれない、巨大なドラゴンの体だったのだ。あまりに大きすぎて、彼は岩壁と見間違ってしまったのである。

ドラゴンは眠っているのか、目を閉じてジッとしている。

その全長は二十メートルほど。薄緑色の体に大きな翼、そして歪《いびつ》に曲がる灰色の角を持ったドラゴンだ。

「なん、で」

ファンタジーの世界にしか登場しないはずの架空の生物。それが当然のように存在している。おかしいと感じている自分の方が変なんじゃないかと錯覚するほど、堂々たる佇《たたず》まいだ。

「さっき聞こえたのは、このドラゴンの声だったのか……？」

そう独り言をつぶやいたあと、ふと颯太は思い出す。

以前、気分転換のために会社帰りに書店で購入したマンガのことだ。主人公の高校生が異世界へ飛ばされ、なんか凄い能力で無双状態になるという内容。

能力うんぬんはさておいて、異世界へ飛ばされたという部分なら、今の自分の状況に当てはまるのではないか。

朝の通勤ラッシュでごった返す駅の構内で意識を失い、目が覚めたら知らない森の中にいた。導入部分としての条件は整っているかもしれない。

何より、目の前にいるこのドラゴンの存在。

地球にドラゴンが実在しているとは考えにくい。だとすれば、やはりここは……

「異世界か……」

ポツリとつぶやく。

そんなまさかと首を振っても、目の前の巨大生物がそのまさかを真実に書き換えてしまう。

颯太がまじまじと眺めていた時、突如ドラゴンの瞼《まぶた》が開き、颯太と目が合った。すると、ドラゴンがゆっくりと口を開く。

「……人間か」

「しゃ、喋った！」

「八千年も生きているのだ。人の言葉くらい理解できるし、扱えるようになるさ」

「は、はあ……」

ドラゴンと会話しているという実感が湧かないまま、話はどんどん進んでいく。

「この森に人間が入り込むとは珍しいな。異国の者か？」

「えぇっと……迷い込んだというか、なんというか……」

「ハッキリせんな」

ドラゴンがズイッと緑の鱗《うろこ》に覆われた顔を颯太に近づける。恐ろしく鋭い眼光に射抜かれ、思わず縮こまってしまった。いつ、あの太くて固そうな牙で食いちぎられるのか。もしくは、あの爪で八つ裂きにされるのか。とにかく気が気でなかった。

「あ、あの、俺……何か粗相《そそう》を？」

「別に何も」

「そ、そうでございますか……」

取引先の相手と話すような丁寧さで応対する颯太。いついかなる時も平身低頭《へいしんていとう》、まさにサラリーマンの鑑《かがみ》である。

そんな颯太を見て、ドラゴンがちょっと呆れたような口調で言う。

「まあそう怖がるな。君を取って食うなんてマネはせん」

ドラゴンにも怯《おび》えていると見抜かれてしまったようだ。

ドラゴンは続けて颯太に話しかける。

「ただ、ちょっとの間……そうだな。ワシの話し相手を務めてもらいたい。こんな森の奥へ来るくらいだ。どうせ暇なのではないか？」

「は、話し相手ですか？」

「そうだ。なに、時間は取らせん。ワシはもうそれほど長くはもたんからな」

憂《うれ》いに満ちた表情で、ドラゴンは一度目を閉じた。

そこで、颯太は気づく。

このドラゴンはかなり弱っている。

巨体ではあるが、よく見るとひどく痩《や》せこけ、皮から骨が浮かび上がっている。鱗もところどころ剥《は》がれていた。

「ワシの名はレグジート。老《お》い先短い老竜《ろうりゅう》だ。人間、君の名前は？」

「お、俺は高峰颯太と申します」

「ソータか。ではソータ。君は普段何をしている？」

「え？」

予想外の質問に、颯太は面食らった。数秒考え、素直に答える。

「仕事ですが……」

「どんな仕事だ？」

業務内容――営業。

だが、営業なんて言葉をドラゴンが知るわけもないし、どう説明したものかと思案する。

「えっと……も、物を売る仕事です」

「ほう、商人か」

レグジートが納得したように言った。

会社勤めも商人と言えば商人かと思い、あえて訂正しない。

それからも、颯太は老竜レグジートの質問攻めにひとつひとつ答えていく。

年齢、出身、家族はいるのかなどなど。

まるで面接を受けているみたいで過去の嫌な記憶がフラッシュバックしかけたりしたが、レグジートからは純粋な興味と関心しか感じられない。人の価値を値踏みするかのような態度の面接官とは大違いだ。

だから、颯太もなんとか落ち着いて受け答えができた。

仕事での辛い出来事も、難《なん》なく吐き出せた。

家族以外の誰かと、こんなにも飾らないで話ができたのはいつ以来だろう。

それから、どれほど話しただろうか。

辺りはすっかり暗くなり、淡い月明かりだけが一人と一匹を照らす。

「もうこんなに時間が経ったか」

「完全に夜ですね」

「ああ……今日は疲れたろう。ワシの体を枕にゆっくり休むといい。続きはまた明日にしよう——そうだ。これだけは先に言っておくか」

「なんですか？」

「君はたしか、ここと違う世界から来たと言っていたね」

「は、はい」

レグジートとの会話の中で、颯太は自分が異世界から来たと告げていた。

「この先、君はこちらの世界の人間と出会うこととなるだろうが……その際、別の世界から来たということは伏せておいた方がいい」

「なぜですか？」

「こちら側の世界は各地でちょっと揉《も》めていてね。余計なトラブルを避けるためだ」

「わかりました」

この世界の情勢について、颯太は何も知らないのだから、ここは従っておくのがベストだろう。

レグジートの言葉を頭に叩き入れると、颯太はドラゴンの巨体に身を預けて眠りに入る。

これまでとは違い、レグジートがそばにいるという安心感のおかげか、この世界へ来てから初めてぐっすりと眠ることができた。

こうして、サラリーマンである颯太とドラゴンであるレグジートの奇妙な関係が始まった。

颯太はレグジートから人間が食べても大丈夫な野草や果実を教えてもらい、その対価としてレグジートの話し相手となった。それだけでなく、弱っていて食欲がないレグジートのために近くの川へ行き、シャツとズボンの裾《すそ》をまくって、びしょ濡れになるのも構わず魚を獲ってきた。レグジートは魚が好物だと聞いていたのだ。

「これを食べて元気を出してください」

「おぉ……感謝するぞ、ソータ。面倒ではなかったか？」

「いや、こっちも童心に返ることができて楽しかったですよ。できればもっとたくさん獲りたかったのですが」

「その心遣いだけで十分だよ。ありがたく頂戴しよう」

しかし、そんな交流が始まってから三日目の夜。早くも終わりが訪れた。

「む……」

持ち上がっていたレグジートの尻尾が力なく地面に落ちる。半開きに近かった目は閉ざされ、呼吸音も小さくなっていった。

「どうやら……ここまでのようだ……ソータ、こっちへ来てくれ」

力ない声で、レグジートは颯太を呼び寄せる。

颯太が近くに寄ると、レグジートは「ふぅ」と小さく息を吐いた。

「これを……君に」

そう言った次の瞬間、レグジートの額から光の球体がふわりと浮かびだす。ふよふよと、波間を漂う木の葉のような動きをしながら、その球体は颯太の前方一メートル付近で止まった。

「これは？」

「竜の言霊《ことだま》だ」

聞き慣れない名に戸惑う颯太。この竜の言霊とかいう球体を、自分はいったいどうすればいいのだろう。

「君がなぜこの世界へ招かれたのか、ワシにはわからない。だが、君がこの世界で生きていけるよう、ほんの少しだけだが、力添えをしたい。その竜の言霊こそが君の力になるだろう」

弱々しく言い、レグジートは鼻先で光の球体を押し出す。颯太が両手で受け止めると、光球はシャボン玉のごとく割れてしまった。そして、細かくなった光の粒子が颯太を覆っていく。

「い、一体何が……」

「竜の言霊があれば、この世界にいても困ることはない……だろ……う……」

「レグジートさん！」

レグジートの言葉が途切れ途切れになっている。死期が近いのだ。

「よく聞け……ソータ……ここから東に進むと整備された道がある……その道を真っ直ぐ進めば……東方領ハルヴァという国の王都へ続く街道に出る……君はハルヴァに行け……あの国はまだ

平和だ……きっと君を受け入れてくれる……」

「も、もう喋らないでください！　これ以上は――」

「ふふっ……八千年か……我ながらよくも長生きしたものだ……最期は生まれ故郷であるこの森で過ごそうと思ってここにやってきたが……そこで出会ったのが異世界の人間とは……これも何かの縁か……」

「レグジートさん！」

もはや呼吸さえ苦しそうなレグジート。しかし、遺言《ゆいごん》とするつもりなのか、口を動かすことをやめようとしない。

「最後に……良き友人ができて嬉しかったぞ……ソータ……」

「お、俺も嬉しいです！　レグジートさんと知り合えて！　友だちになれて！」

わずかな時間ではあるが、これだけ濃密な時を一緒に過ごした存在は他にいない。たとえ種族が違っても、颯太にとってレグジートは間違いなく人生初めての友だった。

しかし……その友との別れが迫る。

「ソータ……この世界で生きていく君に……多くの幸《さち》が訪れんことを――」

レグジートは、眠るようにして逝《い》った。

享年八千歳。

ドラゴンの平均寿命など知らないが、微笑《ほほえ》んでいるみたいに見える死に顔からして、悔いのない大往生だったのではと颯太は推測した。

「レ、レグジートさん……」

颯太は緑色の鱗に身を寄せて――

「う……うあああああああああああああああああ！」

生まれて初めてガチ泣きした。

◆ ◆ ◆

どれだけ泣いただろう。

すでに夜は明けており、森に棲《す》む者たちへのモーニングコールのごとく小鳥が囀《さえず》っている。

「………」

颯太は無言で横たわる巨大なドラゴンを見つめる。

人生で初めての友だちとなったドラゴン――レグジート。

彼は安らかな死に顔をしていた。

揺り動かせば、起きるのではないかというくらいに。

「レグジートさん……」

悲しみに暮れながらも、颯太はレグジートの最期の言葉を思い出す。

東方領ハルヴァ。

レグジートはそこへ行けと言った。

「よし……」

このまま、ここに留まり続けてもレグジートは生き返らない。ならば、レグジートの示した道を進み、彼が与えてくれた竜の言霊とやらでこの世界で生きていこうと思った。

意を決して、颯太は歩きだす。

鬱蒼《うっそう》と生い茂る木々の間をすり抜けるようにして東へ。

川を渡り、崖から落ちそうになりながらも、さらに東へ。

もういらないだろうと、上着は途中で投げ捨てた。

ズボンはボロボロ。

シャツもボロボロ。

長時間にわたる移動で全身が震えだし、喉の渇きと空腹で足取りがおぼつかない。

休憩を何度か挟みながら歩き続けるが、西日に照らされ始めた頃になるとさすがに焦ってくる。

一刻も早く、東方領ハルヴァへと続く道へ出なければ――そうした思いとは裏腹に、颯太の体は反抗期の真《ま》っ只中《ただなか》にあった。

動きたくない。

休ませろ。

肉体からの必死の訴えが脳内を支配する。

できることならその願いを叶えてあげたいが、夜までにはどうしても森を抜けないといけない。

まだ見ぬファンタジーな猛獣たちが、すぐそこまで迫っているかもしれないのだ。

歯を食いしばり、スローペースではありながらも着実に進む。

やがて——

「あっ！」

木々の間から一筋の光が延びているのを発見する。

それまでの痛みや疲れはどこかに吹っ飛び、颯太は軽やかな足取りで光の方向へ駆けだした。

「やっと森を抜けられたぞ！」

肩で息をしながらも、ようやく街道に出られたという達成感に浸る。

ふと、颯太が周囲を見回すと、それほど離れていない距離に灯《あか》りを見つけた。

西日とは違う人工的な灯り。つまり、人がいる。

足を上げるだけで精一杯だったのに、人がいるとわかると一目散に走りだしていた。

たどり着いたのは小さな町。颯太が到着する頃には、辺りはすっかり暗くなっていた。

夜だというのに町には人通りが結構あって、なかなかの活気だ。

詳細な時間は不明だが、これだけ人がいるということは、まだ午後六時か七時くらいなのだろう。

中世ヨーロッパテイストの木造家屋が立ち並んでおり、中には商店と思われるものもある。行き交う人々の服装は、ゲームに出てくる村人が着用しているものにそっくりだ。同世代と思《おぼ》しき男とも何度かすれ違ったが、誰一人としてスーツもカッターシャツも着ていなかった。

改めて、ここが異世界なのだと実感させられる。

颯太はまず寝床を確保するため、宿屋を探した。

この世界の文字こそ読めないが、幸いなことに、なぜか颯太はあちこちで聞こえる人々の言葉を理解できるため、会話をする分には問題なさそうだ。

規模的に、目的地の王都ではないだろう。通りすがりのダンディな紳士《しんし》におそるおそる尋ねてみると、ここは王都の目と鼻の先に位置するルトアという町らしい。

しばらく町の中を散策して、ベッドのマークが彫られた木製の看板を掲《かか》げる建物を発見する。どうやらここが宿屋のようだ。

中に入ってみると、まず派手な装飾が施《ほどこ》された調度品《ちょうどひん》の数々が目に飛び込んできた。天井にはシーリングファンが回っていて、なんとも豪華な雰囲気だ。

ロビーに目を移すと、三人の客がいた。

チェインメイルをまとう兵士風の男。

ケモミミと尻尾の生えた少女。

恐ろしく人相の悪い老人。

「…………」

完全に今の颯太は場違いな感じだ。

だが、ここ以外に宿屋らしい建物はなかった。

野宿だけはしたくない。その気持ちが勝り、覚悟を決めてフロントへ。

モヒカン頭にピアスで仏頂面の大男という、どう見てもサービス業に向いていない風貌《ふうぼう》の受付に
「一泊したいんですけど」と申し出る。

「か〜しこまり〜でございやす〜」

すると、さっきまでの仏頂面はどこへやら、大男は満面の笑《え》みで応対してきた。

笑顔で接客するのはいいが、敬語の使い方が微妙におかしい。

「お部屋はどうなさいますですか〜？」

「一番安い部屋で」

「……はい」

露骨に受付のテンションが下がった。若干トーンの低い声で、受付は言葉を続ける。

「うちは料金前払いでやっていくるんで〜、先に会計済ませちゃっていいでござりますか〜」

「あ、はい」

「では一泊で四十五リンになりますでござりまする〜」

モヒカンピアスの受付に促されて、颯太はズボンのポケットにある財布に手をかけ——重大なことに気がつく。

日本の通貨や紙幣は使えるのだろうか？

とりあえず、一万円札を出してみる。

「……お客様？」

一瞬にしてモヒカンピアスの表情が曇《くも》った。

それがすべてを物語っている。

案の定、この世界では颯太の持つお金は通用しないようだ。

こうなったら最後の手段を使うしかない。

「あ、あの……」

「なんだ？」

受付は敬語を使う気も失せたらしい。

「カードって使えます？」

それでも挫《くじ》けず、颯太は財布から切り札とも言うべき一枚のカードを取り出した。一応、世界でもっとも加盟店の多いクレジットカードだが……

「……なめてんのか、ゴルァ」

やっぱりダメっぽい。

さすがの国際ブランドも異世界では役立たずか。

「んなゴミみてぇな代物《しろもの》でうちの宿を利用しようとはいい度胸じゃねぇか！」

「あ、いや、その、断じてからかっているわけでは――」

「うるっせぇや！　冷やかしなら出ていきなぁ！」

「す、すいませ～ん！」

こうして宿屋を追い出された颯太は、身をもって自分が無一文であると認識したのだった。

「どうしたもんかな……」

やっと森を抜けたと思ったら、今度は経済問題が勃発《ぼっぱつ》。

世の中銭《ぜに》がすべてだと言うつもりはないが、八割くらいは銭がものをいうというのが颯太の持論である。その大切な八割がごっそり欠落した今の状況は、ハッキリ言って絶望以外の何物でもなかった。

「両替屋なんてないだろうし……」

そもそも、この世界で円が流通している国があるとは到底思えない。さっき、チラッと屋台で果物らしきもの（リンゴに似ている）を買っている女性の手元をのぞき見たが、どうも銀貨や銅貨がメインで使われているらしかった。

「これは困ったぞ……」

夜の町中で、颯太は途方に暮れる。こうなってくると、回避したかった野宿という選択肢が現実味を帯びてきた。

「仕方ない……」

ガクリと項垂《うなだ》れる。

諦めてどこか雨風をしのげる場所がないかと探していると――

「やめてください！」

「いいじゃねぇかよ」

「夜にこんな場所にいるってことは暇してんだろ？」

「なら俺たちと遊ぼうぜ」

野菜の入った紙袋を抱きかかえた少女が、チンピラ風の男三人と揉めている現場に出くわした。

トラブルの中心にいる少女は外見から察するに十代後半ほど。月明かりを浴びて煌《きら》めく長い金髪をふたつにわけて結び、おさげのように垂らしているのが特徴的な可愛らしい子だ。

「うわっ……」

颯太が想像する「絶対に遭遇したくないシチュエーション」のひとつが目の前で展開されている。

おまけにここは異世界。相手がどんな手を使ってくるか、まったく読めないときている。助けに入ったが最後、もしかしたら、剣でめった刺しにされるかもしれない。

だが、だからといってこのまま見過ごすことはできなかった。

「ちょ、ちょっと」

持てるすべての勇気を振り絞って声をかける。

「あんだよ、おっさん」

「俺らに何か用かよ」

「い、いや、その子が嫌がっているみたいだから……」

「あーん？」

おもむろに、男の一人が短剣を取り出す。

恐れていた事態が現実に起きてしまった瞬間だった。

「グダグダ言うならこの場でぶっ殺すぞ！」

屈強《くっきょう》な男に迫られて、颯太は一歩二歩と後退していく。

「けっ！　腰抜けが！」

颯太が臆《おく》したことを悟った男はそう言い放つ。その背後では、残りの暴漢二人が少女の腕を掴んで路地裏へと引っ張り込もうとしていた。

「や、やめろ！」

考えるよりも先に体が動いた。

颯太は短剣を持った男の脇をすり抜けて、少女の腕を掴む男に渾身《こんしん》の体当たりを食らわせる。

「ぐあっ！」

男の体がくの字に曲がった。強烈な体当たりを食らって地面へ体を打ちつけ、男は「ぐうう」と呻《うめ》き声をあげる。

「さあ、今のうちに！」

「あ、は、はい！」

颯太は少女の手を取って走りだすが、もう一人の男が立ちはだかり、進路を塞《ふさ》いでくる。

「待て！」

「この野郎……」

短剣を手にしていた男の目つきも変わった。

「どうやら死にてぇらしいな！」

男の持っていた短剣の切っ先が、颯太へと向けられる。

本気でこちらに攻撃を加える気だ。

その気配を察した颯太は、走って人気《ひとけ》のある大通りまで逃げようと考えた。

少女の手を握って駆けだそうとしたその時——短剣を持った男の体がふわりと浮遊する。

「「「え？」」」

颯太と暴漢たちの声が揃《そろ》った。

ちょうど月が雲に隠れて薄暗くなったため、何が起きたかわからない。

やがて月明かりが雲間からのぞくと、短剣を持った男を持ち上げた存在の正体が見えてくる。

「うっ！」

思わず颯太は息を呑んだ。

炎のように赤い鱗をしたドラゴンが、男の服をくわえて宙に吊り上げていたのだ。

「ど、ドラゴンだとぉ！」

暴漢の一人が叫ぶ。

レグジートに比べればだいぶ小柄で翼も持っていないが、まぎれもなくドラゴンである。

赤い鱗のドラゴンは口を開き、くわえていた男を解放した。

「どうもお嬢《じょう》の帰りが遅いんで心配になって来てみたら……間一髪ってとこだったみたいだな」

そして、そう言い放った。どうやら、この少女を心配しての行動らしい。

いきなり地面に落とされた男は、臀部《でんぶ》を押さえてのたうち回っている。残った男は驚愕《きょうがく》しながらも背中に忍ばせておいた短剣を握り、こっそりと赤い鱗のドラゴンへと近づいた。あの短剣で攻撃をするつもりなのだ。

「危ない！」

それに気づいた颯太は、咄嗟《とっさ》に男へ飛びついた。その際の衝撃で、男は手にしていた短剣を手放してしまう。短剣はクルクルと回転しながら、夜の闇の中へ吸い込まれるように消えていった。

「野郎！」

怒った男の標的がドラゴンから颯太へと変わる。

「やめねぇか！」

しかし、ドラゴンが一声上げて頭突きで男を吹き飛ばした。

「ぐ、ぐおぉ……」

男は建物の壁に体を勢いよく叩きつけられ、泡を吹いて失神。他の二人は気絶した一人を肩で担ぎ、「覚えていろよ！」というリアル生活ではなかなか聞けない捨てゼリフを吐いて逃げだした。

「ありがとう、イリウス！　心配して来てくれたのね！」

絡まれていた少女が赤い鱗のドラゴンに抱きつく。どうやら、このドラゴンを知っているらしい。

とりあえず危機は脱したようなので、颯太は改めて赤い鱗のドラゴン——イリウスに礼を言おうと話しかける。

「あ、ありがとう、助けてくれて」

「俺は別におまえを助けたわけじゃねぇ。お嬢を助けるついでだ」

「それでも助かったよ」

「助かったっていうならこっちもだ。危うく不意打ちを食らうところだったからな」

「じゃあ、お互い様ってわけか」

「そういうこったな……うん？」

イリウスが突然首を傾げる。

「どうした？」

「どうしたも何も……俺は一体誰と話をしているんだ？」

「俺しかいないだろ」

「んなっ！」

イリウスはいきなりのけぞった。

「な、なんだよ」

「どうして人間であるおまえがドラゴンの俺と話ができるんだ！」

「え？　人間とドラゴンは会話できないのか？」

「それが常識だろ！」

八千年生きたレグジートならともかく、普通のドラゴンと人間の間では会話が成立しないみたいだ。だから、イリウスはこれだけ驚いているのかと颯太は理解する。

「あの、さっきから何を一人でぶつぶつと……ど、どうしたの、イリウス！」

暴れだすイリウスを落ち着かせようとする少女。どうやら彼女は、イリウスの言葉がわからず、颯太が独り言を言っていると思っているらしい。

なだめようとする少女に気がついたイリウスは、ハッと我に返って冷静さを取り戻す。

「よかった、落ち着いてくれた」

胸を撫で下ろした少女と颯太の目が合った。

「えっと、ありがとうございました。私を助けてくださって」

礼儀正しくお辞儀をしてくる。

「いや……俺は何もしていないよ」

「そんなことはありませんよ。あなたが決死の思いで飛びかかってくれなければ、イリウスは大怪我をしていました」

少女にとって、イリウスは相当大切な存在らしい。

「何かお礼をしなくてはいけませんね」

「お礼だなんてそんな——」

気にしなくていいと告げようとした瞬間、颯太の腹が「ぐぅ～」と音を立てて鳴った。

「……もしかして、お腹が空いています？」

「え？　あ、ああ、実はお金がなくてね。宿もとれないんだ」

「宿がないんですか？　……でしたら、うちへいらっしゃいますか？」

「えっ！　い、いいのかい？」

突然の提案に大声を出してしまう颯太。そんな彼に、少女はニッコリと笑いかけた。

「イリウスを助けていただいたお礼です。あまり大きな家ではありませんが、それでよければ」

「とんでもない！　建物の中ならどこだって構わないよ！」

颯太は生まれて初めて天使を見た気分だった。外見も十分天使っぽいのだが、まさか中身まで天使だったとは。

——もしや美人局《つつもたせ》なんてことはないだろうか。

十年以上も昔、颯太は大学からの帰宅途中で女性に声をかけられたことがある。喜んでついていったら、買ったら幸せになれるとかいう壺を買わされかけた。その時の苦い記憶がよみがえる。

「？　どうかしました？」

「……いや、何も」

小首をかしげる少女の姿を見て、颯太は一瞬よぎった考えを振り払う。

親切な女の子を疑うなんて――自分を罰したい。

颯太は地面に額を打ちつけそうになるのをなんとかこらえて、少女に礼を述べた。

「……困っているヤツは放っておけないっていう、お嬢の悪い癖が出ちまったな。まあ、俺もその男にはいろいろと聞きたいことがあるからいいけどよ」

イリウスが呆れ気味に言った。

口ぶりは気になるものの、イリウスの言葉はつまり、彼女が本物の良い子であることを意味している。

「助かったよ。本当に困っていたから」

「いいんですよ。私の家……一人でいるには広すぎるので」

「そうなんだ……えっ？」

今、一人と言ったか？

颯太はなぜか敬語になって少女に確認する。

「あの……つかぬことをお聞きしますが」

「なんでしょうか？」

「君の家はその……君が一人だけでお住まいに？」

「そうですが」

ことともなげに答える少女。

どう見たって十代にしか見えない少女が、一人で暮らしている。そこに三十四歳のおっさんが上がり込んでいいのだろうか。当然だが、やましいことをしようなどという気持ちは毛頭ない。純粋に一夜を過ごせる場所がほしかっただけなのだ。

だから――問題はない。

たとえ少女が一人であっても、自分が何もしなければセーフだ。

颯太がそう考えていると、少女が思い出したかのように口を開く。

「そういえば、まだ名乗っていませんでしたね。私はキャロル。キャロル・リンスウッドと言います」

「俺の名前は高峰颯太だ」

「タカミネ・ソータ……変わった名前ですね。呼び方はタカミネさん？　ソータさん？」

「……ソータで」

「はい、ソータさん」

ソータさん。

薄い桃色の唇から発せられる自分の名前。

女の子に名前で呼んでもらえる日が来ようとは。そんなことは死ぬまでないだろうと覚悟していたが、思わぬ形でその機会が訪れ、颯太はちょっぴり浮かれた。

だからというわけではないが、キャロルの持っていた紙袋を「重いでしょ？」と言ってさりげなく持ってあげる。

キャロルは「あ、ありがとうございます」と、青色の瞳で颯太を見つめ、はにかんだ笑顔を見せた。

うん、自然にできたぞ。女の子相手だったけど、変にテンパって声が裏返ったりしなかったし。

心の中でガッツポーズを取る颯太。それは悲しすぎる自画自賛であった。けれど、彼にとっては大金星に等しい快挙なのである。

そのまま並んで歩く二人は、家に到着するまでの約十分間、他愛もない会話に花を咲かせる。

「それで、ソータさんの出身はどちらですか？」

思わず「日本の静岡です」と答えそうになったが、レグジートの「正体は隠しておけ」という忠告を思い出して踏みとどまる。

「あーっと……東の方かな」

「東？　四大国家の東方領に位置するハルヴァより東ですか？」

「あ、そ、その……ハルヴァよりは手前かな？　明日になったらハルヴァの王都に向かうつもりだったんだ」

肝心な部分は適当にぼかしつつ、颯太はキャロルとの会話を楽しむ。

キャロルは颯太の言葉を聞いて微笑んだ。

「そうだったんですね。なら、ちょうどよかったです。うちは王都のすぐ近くにある牧場ですから、今日はうちで休んで、明日王都に向かうといいですよ」

「そうさせてもらおうかな。それにしても、牧場かぁ。若いのに大変だね」

「若いといっても、もう十五歳ですから。しっかり働かないと」

「いやいや、感心だよ。そうかぁ、十五歳かぁ……十五歳？」

「な、何かおかしいですか？」

「ぜ、全然そんなことないよ。ただ、思っていたよりずっと若くてビックリしただけ」

十八歳か十九歳くらいかと予想していたが、まさか十五歳とは。年齢の割に凄い落ち着きようである。

そんな調子でさらに歩き続けていると、ようやく目的地へと到着した。

「ここです」

キャロルの家は、木造二階建ての思っていたよりもずっと立派な佇まいだった。家から少し離れた位置には、さらに大きな建物がある。牧場らしいので、おそらく牛舎や豚舎といった類《たぐい》だろう。

「私はイリウスを竜舎《りゅうしゃ》へ戻してくるので、先に家の中へ入っていてください」

「ああ……って、竜舎？」

豚舎でも牛舎でもなく、竜舎。

初めて聞く名前だが、もしかして……

「な、なあ、君の家の牧場って……ドラゴンを育てているとか？」

「そうですよ。ここはハルヴァ王国竜騎士団《りゅうきしだん》用のドラゴン育成牧場――リンスウッド・ファームです」

「王国竜騎士団用、ドラゴン育成牧場……」

ファンタジー要素てんこ盛りのワードに、颯太は開いた口が塞がらなかった。

ともかく、さらに詳しいことを聞くために質問する。

「その、王国竜騎士団っていうのは……？」

「生まれた時から人間に慣れさせたドラゴンをパートナーにする騎士たちのことです」

「ドラゴンをパートナーに？」

「はい。といっても、竜騎士団があるのは経済的に発展した大きな国だけですが」

「……なるほど」

キャロルの突拍子もない説明を聞き、颯太はなんとか頭の中で情報を整理する。

どうやら、この世界にはレグジートのような自然界で暮らすドラゴンと、牧場で飼育され騎士団の一員として人間と一緒に戦うドラゴンとの二種類がいるようだ。

そしてここは、その竜騎士団へドラゴンを供給するための牧場というわけらしい。

「この牧場で育てられたドラゴンたちは、いわば国家戦力ってことか」

ドラゴン育成牧場について理解した直後、イリウスが近づいてきて、ボソッと言う。

「くれぐれもお嬢には手を出すなよ。もし手を出したら噛み殺すからな」

「出さないよ！」

イリウスの警告を一蹴《いっしゅう》してから、颯太は一足先に家の中へ。

家の中はこざっぱりしており、あまり物がない。だからといって殺風景というわけでもなかった。

さりげない小物や観葉植物、間接照明らしき物が配置されており、必要最低限でありながら随所にキャロルのセンスが光っている。

しばらくすると、竜舎からキャロルが戻ってきた。

「お待たせしました。先に入浴しますか？　それとも、ご飯にします？」

「じゃ、じゃあ……ご飯で」

「はい！」

颯太の要望を聞いたキャロルは小走りにキッチンへと向かい、愛用していると思われるピンクのエプロンを身につけて調理を開始する。

なんか、今の会話って新婚夫婦っぽいよなぁと鼻の下を伸ばすも、冷静に考えたら十五歳の女の子相手に何言ってんだとセルフツッコミ。

とりあえず、他のことについて考えることにした。

「それにしても……」

自分がドラゴンと会話ができるという事実。

イリウス曰《いわ》く、普通の人間には不可能な芸当だそうだ。心当たりはアレしかない。

「竜の言霊……」

レグジートから受け継いだ、あの光が関係しているのだろうか。

ともかく、明日イリウスとじっくり話してみよう。

その後、颯太はキャロルを手伝うことにした。

一人暮らしをしているだけあって、キャロルの手際《てぎわ》はなかなかのものだ。

颯太も大学時代から何年も一人暮らしをしているが、食事はコンビニ弁当メインで掃除も洗濯も適当にこなしてばかり。特に働きだしてからはまともに手が回らず、ひどい有様だった。

しかし、十五歳のキャロルはすべてを完璧にこなしていた。苦にするどころか、家事全般を楽しんでいるふしすらある。

「……こういう子が嫁に来てくれればなぁ」

「え？　何か言いましたか？」

「べ、別に」

たまらず本音が漏れた。

二十代後半から、颯太はやたらと両親に「彼女はいるのか」「その気があるなら見合いをセッテイングするぞ」と、「早く結婚して孫を見せろ」コールを受けていたことを思い出す。

結婚どころか、まともな社会人生活を送るのに精一杯だったため、颯太はそんな両親の願いを軽く聞き流していた。しかし、キャロルを見てそういった言葉が口から出るということは、心の奥底では気にしていたのだなと、しんみり思うのであった。

「これでよし」

キャロルが作ったのは、颯太のいた世界でいうハンバーグに近い食べ物だ。なんの肉を使用しているかは怖くて聞けなかったが。

「誰かと一緒にご飯を食べるって久しぶりです」

ニコニコと無邪気に笑いながら食卓を整えていくキャロル。

彼女はずっと一人で食事をしていたのだろう。大人でボッチ経験豊富な颯太には苦にならなくても、年頃の少女には厳しいはずだ。

だからなのか、キャロルは食事中、ずっと嬉しそうだった。

「ソータさんはどんな仕事をしているんですか？」

「ああ、えぇっと……物を売る仕事だよ」

「商人なんですね」

「そ、そうだよ」

否定して一から説明するのも大変そうなので割愛。レグジートの「正体を明かさないようにしろ」という忠告を守るために、しばらくは自分が商人ということにした方がいいだろう。

ただ、世界が違うとはいえ、たった一人でこの牧場を切り盛りしているキャロルの仕事ぶりには社会人として興味が湧いた。

「キャロルは偉いね。一人であんな広い牧場を運営しているなんて」

草地面積は目測で三十から四十ヘクタールほどだった。女の子が一人で管理するには大きいといえる。

「そんなことはありませんよ。他の牧場と比べれば規模的には小さい方ですし、今いるドラゴンはイリウスを含めて三匹だけなんです」

キャロルはこともなげに言ってみせた。

「この牧場は父の夢でもあったんです。だから、私が頑張って存続させていかなくちゃ。夢が叶ったのに、それからたった数年で死んじゃった父が天国で悲しまないように……」

その言葉からは、悲壮にも感じる決意がにじみ出ていた。

この子は、父親の夢を守るために牧場の仕事をしているのか。

「牧場の運営は楽しい？」

「楽しいですよ。ドラゴンの世話は小さい頃からしていますし。他のドラゴンは竜騎士団と一緒に北方遠征に参加しているので今はイリウスだけですけど、みんな素直でいい子たちばかりなんです」

「他の仕事をしたいと思ったことは？」

「ないですね」

即答だった。

「仮に……ご両親が健在で、どんな仕事でも選べる立場だとしたら？」

颯太は少し意地悪な質問をした。

質問——という体《てい》を取ってはいるが、ある意味、これは己のためでもあった。

仕事に悩んでいた自分が、目指すべき未来を探すヒントを得るために。

「それでも私はこの牧場で働きますよ、きっと」

キャロルの回答は変わらなかった。

「私、この仕事好きですから。本当にやりたかったことを仕事にできて、とても充実しています。お父さんやお母さんが生きていたとしても、それは変わらないです。たぶん、生まれ変わっても私はドラゴンを育てる仕事をしていると思います」

力強い眼差《まなざ》し。迷いなんて欠片《かけら》もない。

その双眸《そうぼう》を真っ直ぐに向けられて、颯太はキャロルに聞き返される。

「ソータさんは仕事が楽しいですか？」

「え？」

仕事が楽しい——就職してから、一度もそんなふうに感じたことはなかった。

ご飯を食べるのも、服を着るのも、住む家を確保するのだってお金がいる。お金を手に入れるためには仕事をするしかない。それ以外に、仕事への思いなんてなかった。

そもそも、平凡以下のステータスしかない颯太は選《え》り好みできる立場じゃない。

ただ、仕事ができればそれでよかった。

……よかった？

本当にそうだろうか。

「……違うな」

颯太がそうつぶやくと、キャロルは不思議そうな顔をする。

「違う？」

「あ、そ、そうじゃなくて……実は俺、仕事を変えようと思っていたんだ。今の仕事はその……俺に向いてないなって思って」

「物を売るのって大変そうですもんね。でも、ソータさんならきっといい仕事を見つけられますよ。ソータさんは優しくて良い人ですから」

「はは、だといいけどね……」

優しくて良い人。

それだけでは仕事が回らないことを知っている颯太にとっては、素直に喜べない評価だった。

食事が終わり、後片づけをする。入浴を済ませたら、あとは就寝するだけだ。

颯太は客室で一晩を過ごすこととなった。

「おやすみなさい」

「うん。おやすみ」

上下揃いの黄色いパジャマに着替えたキャロルとあいさつを交わして、颯太は部屋に設けられたベッドへダイブする。ちなみに、カッターシャツとスーツのズボンで寝るのはさすがに厳しいので、今の彼は来客用として用意されていた水玉模様のパジャマに着替えている。

キャロルの前では表に出さず強がっていたが、ずっと森の中をさまよい続けたせいもあって、颯太の足腰は限界スレスレだった。

「湿布をベタベタに貼って寝たいとこだけど……」

ベッドで寝られるだけで贅沢《ぜいたく》なのは重々承知しているが、明日以降のコンディションが心配だ。

「明日、か」

その時不意に、不安に襲われる。

明日、王都へ行き——そこで何をすればいいのだろう。とりあえず、生きていくためには働かなくてはならない。まずは職探しから始めなくては。

「でも、一体どうやって……職業斡旋《あっせん》所みたいなのがあればいいけど」

希望職種はデスクワークだが、パソコンの知識が役に立つとは思えない。書類作成やプレゼンといった、サラリーマンとしての基礎的な経験は一通り積んでいるが、果たしてこの世界でどこまで通用するのか。

それともうひとつ、懸念している点があった。

「この世界でも……うまくいかなかったら……」

すべてがリセットされた状態の今は、言い換えればチャンスでもある。この世界の人たちは自分という人間を知らない。学歴や資格なんかで偏見を持ったりせず、普通に接してくれるはずだ。

だがもし、こちらでも同じような失敗をしてしまったら？

「……やめよう」

頬《ほお》をパチンと叩き、後ろ向きの思考を振り払った。代わりに、キャロルの笑顔を思い出す。あの子は父親の夢だったこの牧場を守るため、ドラゴンの世話を一生懸命にやっている。だからイリウスはキャロルの言うことに大人しく従ったのだ。そのひたむきさを見習わないと。

「この世界では……絶対に挫けない。強い心で仕事をしよう……頑張るぞ」

声は小さくても心意気は大きく。

そんな決意表明をして、颯太は目を閉じた。

異世界に来て初めてベッドで眠る夜は、こうして更《ふ》けていった。

◆　◆　◆

バタン、ガタン。

「――ん？」

爆睡していた颯太は物音で目が覚めた。

部屋を出てすぐに、音の正体を見つける。

「あ、ごめんなさい。起こしちゃいました？」

キャロルが身支度をする音だったのだ。

「こんなに朝早くからどうしたんだい？」

「仕事の準備です」

「も、もう？」

窓から外を見ると、まだ朝霧《あさぎり》に包まれている。夜は明けきっていないらしいが、すでにキャロルは作業着であるオーバーオールを着て、意気揚々《いきようよう》と仕事へ出ようとしていた。

「た、大変だな」

「いつものことですから。朝食はもうちょっと待ってくださいね」

ここで「じゃあもう一眠り」と戻るわけにはいかない。大人として、まだまだあどけなさの残るキャロルにだけ仕事をさせるわけにはいかなかった。

「俺も手伝うよ」

「え？　で、でも……」

「一宿一飯《いっしゅくいっぱん》の恩があるからね。容赦《ようしゃ》なくこき使ってくれ」

「助けていただいたお礼なのに……じゃ、じゃあ、この寝床用の藁《わら》を竜舎に運んでくれますか？」

キャロルは部屋の隅に積み重なっている藁の束を指差した。

「お安い御用だ」

胸をドンと叩いて任せておけとアピール。キャロルから父のスペアの作業着を借りて仕事の説明を受けると、軽い足取りで仕事場へ移動する。

しかし、颯太はすぐに安請《やすう》け合《あ》いしたことを後悔した。

「むおっ！」

いくつかの藁が圧縮されて一塊《ひとかたまり》になっているせいか、想定よりも遥かに重量があったのだ。

キャロルはこれを毎日、数百メートル先にある竜舎まで運んでいるのかと感心する颯太。普段の運動不足を呪いながら、彼は藁を抱えて竜舎を目指す。

「はあ、はあ、はあ……」

ハードワークで息も絶《た》え絶《だ》え。やっとの思いで竜舎にたどり着き、中に入ると――

「来たか」

寝床で横になるイリウスが待ち構えていた。

「ここからでもお嬢と話す声が聞こえたぜ。始めたばっかりなのにもうへばったか？」

「ま、まだまだ……」

「無理すんなって――休憩がてら、ちょっと話そうぜ」

イリウスは首を持ち上げ、寝床から出して颯太との距離を詰める。

「俺たちドラゴンは人間の言葉が理解できる。それは人間たちも、長年自分たちのパートナーとしてドラゴンが指示通り動いてきたのを見ているから、わかっているだろう。だが、その逆――俺たちドラゴンの言葉を理解できる人間には、五百年近く生きてきた俺でも会ったことがない」

それがこの世界における人間とドラゴンの関係性なのか、と颯太は理解した。

「ってことで、改めてたずねるが――おまえさんはどうしてドラゴンの言葉が理解できるんだ？」

イリウスからの質問に、颯太は素直に返答する。

「たぶんだけど……レグジートさんに――」

「レグジート様だと！」

颯太が言い終えるよりも先に、イリウスが驚きの声をあげた。

「ど、どうしたんだ？」

「どうしたも何も、なぜおまえは竜王《りゅうおう》の真の名を知っているんだ！」

「竜王？　それって、ドラゴンの王様ってこと？」

「その通りだ」

「まさかそんな偉いドラゴンだったなんて……」

「本当に凄い方だよ、レグジート様は。俺たちドラゴンの通常種だけでなく、竜人族《りゅうじんぞく》の連中だってあの方には逆らえねぇ」

「竜人族……？」

聞き慣れない単語に、颯太は首を捻《ひね》った。しかしそれをたずねる前に、イリウスがもう一度問い詰めてくる。

「さあ、こっちの質問に答えろよ。なぜレグジート様を知っている？」

「会ったんだよ、レグジートさんに」

ありのままを告げるが、イリウスは納得しない。フン、と鼻で笑い、瞳をキュッと細めて颯太を見下ろす。まるで、獲物を前にした猛禽類《もうきんるい》を彷彿《ほうふつ》させる凄みだ。

「会っただと？　どこで？」

「ここからすぐ近くの森だ」

「証拠は？」

「証拠って……」

ドラゴンのくせに人間臭いヤツだな、と思いながら、颯太は思い当たることを口にする。

「証拠になるかわからないけど、レグジートさんは自分の死期を悟り、生まれ故郷の森でひっそりと死ぬつもりなんだって言っていたな」

「なぜそれを――おまえ、本当にレグジート様に会ったのか！」

「だから、さっきからそう言っているだろ」

その言葉で、イリウスもようやく颯太がレグジートと会ったことを信じたようだ。

持ち上げた首を再び床へつけて、イリウスは続ける。

「レグジート様はどうした？　まだ生きていらっしゃるのか？」

「……いや、俺と出会った時には、もう限界が近かった。だから、そのまま俺がレグジートさんの最期を看取《みと》ったよ」

「人間のおまえが竜王の最期を？」

あり得ないだろ、とでも言いたげにイリウスは鼻を鳴らす。

「そりゃあ、レグジート様は人間に対して友好的な御方《おかた》だったが……」

「でも、本当だってわかってるんだろ？」

「まあそうだな……そういや、まだおまえの名前を聞いてなかったな」

「颯太だ。高峰颯太」

「よしソータ。レグジート様に会った時のことをもっと詳しく説明してくれ」

「わかった」

颯太を信用したのか、イリウスは先ほどより明らかに態度が軟化していた。

「俺は森で道に迷っているところにレグジートさんと会い、友だちになった。そして、レグジートさんから竜の言霊をもらったんだ」

「竜の言霊……」

「あ、そうだ。イリウス、おまえは竜の言霊について何か知らないか？」

「うーん、詳しいことはわからねぇが、なんでも人間に竜の知恵を与えるお宝って話だ。しかし、まさか実在していたとはな……ともかく、それで合点がいった。おまえが竜の言葉を話せたり、俺の言葉を理解できたりするのは竜の言霊のおかげだな」

竜の言霊の効果。

イリウスによれば、それはドラゴンの持つ知恵を人間に与える——要するに、ドラゴンとの会話を可能にするアイテムということだった。

「俺としては意識して言葉を使い分けているつもりはない……俺が話した言葉はそのまま人間とドラゴンの両方に伝わっているってことか」

「便利なもんだな」

竜の言霊の効果は把握した。だが、なぜレグジートがこれを颯太に託したのか、その真意はまだわからない。適当に能力を渡したわけじゃなく、何か、意図があるとは思うのだが。

「イリウス……どうしてレグジートさんは俺に竜の言霊をくれたと思う？」

「さぁてね。皆目《かいもく》見当もつかねぇな。ただ、明確に言えることがひとつだけある——レグジート様は大変聡明《そうめい》な方だった。なんの意味もなくおまえに竜の言霊を託したとは思えん」

どうやらイリウスも颯太と同意見らしい。

「ま、当のレグジート様が亡くなったのであれば、その真意を知る術《すべ》はないけどな」

先ほどまでとはうって変わって軽い調子で、イリウスが言った。真面目に語っていたかと思いきや、あっという間に軽い空気へ様変《さまが》わり。食えないドラゴンだと颯太は苦笑いをする。

今度はイリウスの知るレグジートの話を聞こうとしたが、こちらに近づく足音がする。

「お嬢かな？」

「でも、キャロルは俺と反対方向に歩いていったぞ」

颯太とイリウスが顔を見合わせる。じゃあ、今この竜舎へ接近しているのは一体誰なのか。

妙な緊張感の中、足音の主が姿を現す。

「こっちにいるのか、キャロル」

竜舎の中に入ってきたのは、大柄な男だった。

百七十七センチある颯太よりも頭ひとつ分さらに大きい。年齢は四十代半《なか》ばから後半くらい。スキンヘッドで、左頬から顎下《あごした》にかけて大きな傷痕《きずあと》があった。着込んだ鎧越しでもわかるくらいの強靭《きょうじん》な筋肉が、颯太を威嚇《いかく》する。

「誰だ、君は」

大男が声を発した。静かでも、恐るべき迫力をのぞかせる声色。まさに歴戦の勇士のそれだった。

「あ、お、俺は昨日からここに泊めてもらっている高峰颯太って言います」

敵意はないということを前面に押し出した笑みを浮かべて、自己紹介する颯太。

受け取った大男は疲れたようにため息を漏らした。

「またあの子は……素性《すじょう》のわからん男を勝手に家へ上げてはいかんと言ってあるのに」

その口ぶりはまるでキャロルの保護者である。しかし彼女は、すでに両親は他界していると言っていた。だとしたら、この男は彼女の親族だろうか。

颯太の疑問に答えるように、イリウスが口を開く。

「ソータ。このツルツル頭は、ハルヴァ王国竜騎士団リンスウッド分団団長のハドリー・リンスウッドといって、俺のパートナーの騎士だ」

颯太は小声でイリウスにたずねる。

「ハドリー……リンスウッドってことは？」

「お嬢の父親の弟――つまり、お嬢からしたら叔父にあたる人物だ」

「キャロルの叔父だって？」

思わず颯太の声が大きくなった。彼の声を聞いたハドリーが怪訝《けげん》な顔をする。

「うん？　俺のことをキャロルから聞いたのか？」

「あ、いえ、イリウスが教えてくれたんですよ」

「イリウスが教えたって？」

ハドリーが眉をひそめる。颯太は「しまった」と口を手で覆った。

初対面の人物の名前どころかキャロルとの関係まで知っていて、おまけにその情報をドラゴンが教えてくれたとのたまう男。

王国の平和を守る竜騎士団の人間として、ハドリーはこれ以上ないくらい怪しい要素が詰まった颯太を見逃すはずがなかった。

「君のことを……もう少し詳しく教えてほしい。イリウスが教えたと言ったが……まさかとは思うが、君はドラゴンと話せるとでもいうのか？」

ハドリーが颯太に詰め寄る。明らかに怪しまれていると察した颯太は、自己弁護を試みる。会社の帰り道で警察に職務質問された時のことを思い出しながら。

「は、はい。一応……あ、で、でも、俺自身は至って普通の凡人っていうか、むしろ凡人以下で、何をやってもダメダメなんですけど、だからドラゴンと話せるからといって、何か悪事を企むとかそういったマネは一切しない……というより、したくてもする度胸のないヘタレなわけでして……」

しどろもどろすぎて喋りながら悲しくなってくるが、とにかく自分が悪意のない善良な一般人であることをわかってもらいたくて必死に語った。

ハドリーは苦笑して颯太をフォローする。

「とりあえず落ち着け。ゆっくりでいいから、その、ドラゴンと話せるという部分をもう少し詳しく説明してくれ」

「わ、わかりました」

ハドリーの要求に応えるべく、颯太は一度大きく深呼吸してから話し始める。

説明した内容は以下の通り。

竜王レグジートと出会ったこと。

その最期を看取った際、竜の言霊というものを受け取り、ドラゴンと会話できるようになったこと。

そのあと森を抜け出したが、お金がないため宿に泊まれず途方に暮れていた時、キャロルが声をかけてくれたこと。

一宿一飯の恩を返すべく、今まさに竜舎で彼女の仕事の手伝いをしていること。

——こんなところだ。

ここでもレグジートの忠告を守り、自分が異世界から来たという点は伏せ、遠い田舎町の出身者であるという設定にした。こちら側の世界情勢が不透明な分、言動には細心の注意を払わなければならない。

「にわかには信じられんが……」

顎に手を添えて熟考するハドリー。外見は物事をパワーで押し切りそうな脳筋系なのに、思慮深い仕草が様《さま》になっている。頭脳派の一面もあるようだ。

その様子を見ながらイリウスが口を開く。

「相変わらず煮え切らねぇ男だぜ……逆に言えば、慎重に物事を運ぶから、分団長を任されているとも言えるがな——そうだ。おいソータ、なんとしてもこいつにおまえの力を認めさせるんだ」

「え？　どうして？」

「こいつは俺が信頼する数少ない人間だ。つか、お嬢以外だとハドリーくらいしか俺は人間を信用していない……先代のオーナーにはだいぶ世話になったが、あいつはもう故人だからな」

先代オーナーとは、つまりキャロルの父親。

父親に世話になったから、このドラゴンは娘のキャロルも「お嬢」と呼んでいるのだと颯太は推測した。

「ともかく、堅物《かたぶつ》で評判の大臣共も、あいつを認めているんだ。そんな人間の信頼を得ておけば、これから何かと有利だと思うぜ」

イリウスの言うことには一理ある。この未知の世界で生きていくためには、多くの協力者が必要だ。営業でもそうだが、贔屓《ひいき》にしてもらうためには信頼関係が欠かせない。イリウスの言葉を聞く限り、その信頼関係を築く人物として、ハドリー・リンスウッドは適切だと思われた。

ドラゴンと話せることを証明するため、颯太がハドリーに話しかけようとしたその時――

「あれ？　ハドリー叔父さん？」

ピッチフォークを手にしたキャロルが竜舎へとやってきた。ひと仕事終えてきたのか、玉のような汗を浮かべている。服にも泥や草がついていて、かなりハードな作業をしてきたことが窺《うかが》えた。

すると、イリウスはなぜか急に大人しくなって竜舎の奥へ引っ込んでしまう。

「こんな朝早くにどうしたんですか？」

「君の様子を見がてら……例の件の返事をもらおうと思ってね」

「あ……」

ハドリーの言葉を聞き、キャロルの表情が一瞬にして曇った。イリウスが引っ込んだのも、どうやら例の件というのが関係していそうだ。

颯太はこっそりイリウスに近づき、耳打ちをする。

「なあ、例の件ってなんだ？」

「……この牧場を売却するって話だ」

「なんだって！」

あまりにも予想外な話だったため、思わず大声が出てしまった。

案の定、キャロルとハドリーから注目される。

「どうしたんだ、急に」

「だ、だって、牧場を売却するって」

「なっ！　どこでその話を聞いた？」

「いや、今イリウスが教えてくれて……」

キャロルとハドリーは顔を見合わせる。

ハドリーは先ほど、颯太から彼がドラゴンと会話できると聞いていたが、完全に信じたわけではなかったのだ。しかし、颯太が知る由《よし》もない話をイリウスから聞いたと言われ、ようやく信じる気になった。

一方、そんなことを知らないキャロルは「イリウスが？」と首を傾げている。

ハドリーは一度咳払いをして、キャロルに話しかける。

「とにかく、一旦家に戻って話がしたい。もうひと通り、外での仕事は終わったのだろう？」

「そ、それは……」

キャロルの顔に影が落ちる。

昨夜、あれだけ熱心に仕事が楽しいと颯太に語ったキャロル。彼女からすれば、牧場を手放すなど絶対にあり得ないことだろう。

だが、あの表情を見る限り、事態はもう情熱だけではどうにもならないところまで来てしまっているようだった。

「あの……ハドリー叔父さん」

しかし、両手にギュッと力を込めて、キャロルは口を開く。その目は決意に満ちていた。

「私は、絶対に牧場を売りません！　ここに暮らすドラゴンたちはみんな私がお世話をして、一流の竜騎士たちでさえ憧れる最高のドラゴンに育ててみせます！　では、私はこのあとも仕事があるので、これで失礼します！」

そう宣言したキャロルの目尻に、涙が浮かぶ。その涙を腕で乱暴に拭《ぬぐ》い、彼女は走りだした。

十五歳の少女の小さい背中。けれども、そこには絶対に屈しないという強い意志と逞《たくま》しさが感じられた。

イリウスが途中で引っ込んだのは、キャロルの悲しむ姿を見たくなかったからだと颯太は悟った。イリウスはおそらく、ハドリーが牧場売却の件でここへ来たと最初から知っていたのだ。颯太にハドリーからの信頼を得るようけしかけたのも、もしかしたら話題を逸らして早々に帰ってもらおうとしたためなのかもしれない。

「説得は困難、か」

やれやれ、とハドリーは窓から差し込む朝日を浴びて輝く頭頂部を撫でながら息を吐いた。

「あ、あのぅ……」

完全に置いてきぼりを食らった颯太は、気まずさを感じながら声をかける。

「ああ、すまない。身内のゴタゴタに巻き込んでしまって」

「いえ、そんな……でも、牧場の売却なんて——」

「悪いが、これは我々リンスウッド家の問題だ。部外者の君が口を挟むことではない」

ハドリーはそれだけ言い残して、その場を立ち去ろうとする。

その屈強な後ろ姿を見つめながら、颯太の心中は揺れ動いていた。

たしかにハドリーの言う通りだ。

だけど——今ここで退《ひ》いてはいけない。

自分と違って、仕事を楽しみ、一生懸命に生きるキャロル。彼女にとって、この牧場は人生そのものなのではないか。それを奪われるかもしれないのだ。一宿一飯の恩など関係なく、一人の男として、颯太は彼女の助けになりたいと思った。

「あの！　待ってください！」

颯太は呼び止めたが、ハドリーは止まらない。それでも、彼は構うものかと話し続ける。

「たしかに、俺はリンスウッドの人間じゃないから、どういう経緯で牧場売却なんて話になったのかはわかりません。けど、本当にどうにもならないんですか？　牧場を売ることでしか解決できない問題なんですか？」

矢継ぎ早に捲《まく》し立てた。そして――

「俺にできることがあるなら、なんでも協力します！」

「うん？」

この一言がハドリーの足を止めた。

「なんでも協力する……君は今、そう言ったかい？」

「あ、その……」

「言ったよな？」

ハドリーが猛スピードで颯太に詰め寄る。鼻先数センチまで接近した、いかついスキンヘッドの凶悪フェイス。キャロルの次は颯太が涙目になる番だった。ハドリーの顔が怖い、という大変情けない理由で。

だが、協力を惜しまないという言葉に嘘はない。

「は、はい。言いました」

「よし！　では協力してもらおう！」

即決。

先ほどの慎重さとは違い、早すぎる判断だった。そこで、颯太はある疑問を抱く。

「もしかして……最初から俺に協力させるつもりで芝居してました？」

「おっ、なかなか鋭いな。見事な演技だったろ？　強制するわけにもいかんので君の口から協力したいという言質《げんち》を取る必要があったし、ああ言われても食らいついてくれるくらいのガッツがある人物じゃなきゃ、信用できんからな」

先ほどの突き放した言い方は、颯太自身から「協力する」と言いだすよう仕向けた演技だったのである。とんだ名優だ、と舌を巻く。

「俺としても、兄貴の長年の夢だったこの牧場を売り払うっていうのは大反対なんだが……現状ではなかなか難しくってな……だが、君が協力してくれるなら、なんとかなるかもしれん」

「そ、そうなんですか？　でも、自分から協力を申し出ておいてなんですけど、俺は別段他人より優れた能力を持っているわけじゃ……」

「何を言っているんだ。あるじゃないか――ドラゴンと話せるんだろ？」

どうやら、竜の言霊によって得た能力に、牧場売却を防ぐ鍵があるようだ。

「さっき、君からドラゴンと話せると聞いて思いついた計画があるんだ。こいつがうまくいけば、牧場売却は防げるぞ。さあ、続きは家で話そう」

　鼻息を荒くしたハドリーに引きずられる形で、颯太は作戦会議のためにキャロルの家へ向かった。

　家に入るなり、椅子へ座りもせず力説をし始めるハドリー。

「ドラゴン育成牧場で大切なのは、愛情深くドラゴンに接し、人間との信頼関係を確立させることにある。もちろん、どの牧場もそれを重要視してドラゴンを育てている。が、どうしても牧場によってドラゴンの品質に差が生じてしまうんだ」

　中小企業営業部出身の颯太には、その話が痛いほどよくわかった。他社の製品に受注が集まり、自社の製品は売れない。同じ工法で作っているはずで、性能差など微々たるもの。材質に関してはむしろうちの会社の製品の方が優れているはずなのに、なぜ売れないのか。営業マンにとっては、仕事をする上で永遠かつ最大のテーマとなる課題だろう。

「……聞いているか？」

「え？　あ、はい」

　過去の苦い記憶に浸っている場合ではない。

「……ま、小難しい育成論はこの際、取っ払っちまおう。俺が主張したいのは、竜騎士団へドラゴンを供給するのであれば、実績が物を言うということだ」

「実績……」

「そうだ。このリンスウッド・ファームからは、パーキース、リート、イリウスの三匹のドラゴンが竜騎士団に所属しているが、他の牧場は最低でも十匹は輩出していてな。どのドラゴンも己の特性を生かして立派に任務をこなしている。むろん、ここの三匹がダメというわけじゃないが……」

「ドラゴンの頭数が絶対的に不足しているから、活躍してもいまいち目立たない、と」

「理解が早くて助かるよ」

戦果を挙げれば注目を集める。

だが、優秀なドラゴンでも、常に華やかな結果を出し続けられるとは限らない。

戦略上、後方待機や味方の支援といった、地味な役割に徹しなければならないケースもあるのだ。

そのため、多くのドラゴンを竜騎士団に供給している牧場の方が、一度の戦闘で活躍できるドラゴンの数が増えるため、名前が売れ、他の牧場よりも注目度が増すというわけだ。

「この牧場の現状は芳《かんば》しくないと言える。このまま業績不振が続けば、最悪倒産なんてことも……」

倒産――事業主からすれば、どうしても避けたい問題だ。

「などと、言ってはみたものの、急にドラゴンの数を増やせるわけでもない」

「女の子一人で飼育するには数に限界がありますもんね」

今朝だって、キャロルは汗だくになりながら作業をしていた。ドラゴンが好きなんだという思いは痛いほど伝わってくるが、働きすぎたら、最悪、過労死なんてこともあるかもしれない。

「……でも、その問題を解決する案があるんですよね？」

「うむ。先ほども言ったが、優れたドラゴン育成牧場とは、一度に多くのドラゴンを供給できる牧場を言う。だが、たとえ数が少なくても、そうした大量供給を得意とする大手牧場に対抗できる飛び道具が、たったひとつだけあるんだ」

「その飛び道具っていうのは？」

「竜人族だよ」

竜人族……イリウスとの会話の中にも出てきた言葉だ。

「その竜人族と普通のドラゴンの相違点ってなんですか？」

「簡単に言えば人の姿になれるかなれないか、だな」

人の姿になれる竜だから竜人族。安直ながら、適切に特徴を捉《とら》えたネーミングであった。

ハドリーはさらに言葉を続ける。

「当然ながら、それだけじゃないぞ。全体的な能力も通常のドラゴンより高い。だが、竜人族と関係を築くことは恐ろしく難しい。人間に対して協力的な竜人族もいるが、ほとんどは滅多に人間に手を貸したりなんかしないんだ」

「その竜人族をこの牧場に迎える、と」

「ああ。なんせ、竜人族は一匹で通常種の三十四分の働きができると言われているほどだからな。このハルヴァだけじゃなく、竜人族はどの国でも重用される、まさに生きた宝だ。それを育成しているとなれば、他の牧場よりも世間の注目度が増す。そしたら従業員を雇い、あの子の負担を軽減させられる」

一匹で多大な戦果が見込まれる竜人族。王国竜騎士団が欲するのも納得だ。

しかし、颯太の頭にひとつの疑問が浮かぶ。

「竜人族が優れているのは理解しましたけど……実際問題、どこにも属していないフリーの竜人族がどこにいるかわかるんですか？」

「それが偶然にも、ちょうどこのハルヴァ周辺にいるんだよ」

ハドリーがドヤ顔で答えた。

「ここから西の方角に行くとデトラス山って山があるんだが、先日、その中腹の洞窟内で負傷したドラゴンが発見された」

「それが、竜人族だと？」

「同行した竜医《りゅうい》はそう断言した」

「竜医？」

「ドラゴン専門の医者のことだ。まだ若いが、腕はたしかだぞ」

そんな職業があるとは驚きだった。だがまあ、専門医がいないというのも不自然か。

「それでだな。これからすぐにその竜医ともう一度山へ行って、ドラゴンの様子を見に行くことになっているんだが……一緒に来てくれないか？」

「俺が……ですか？　随分急な話ですね」

「竜医によれば、目立った外傷はないらしいんだが、そのドラゴンはなぜか洞窟から出てこないんだ。エサを与えても反応を示さないし……このままでは衰弱死してしまう恐れがある。だから——」

「俺がドラゴンと話をして、洞窟から出てこない原因を探る、と」

「本当に物わかりがよくて助かるよ」

「そしてその竜人族を、この牧場へ来るようにどうにか説得すればいいんですね？」

「おまえは俺の心が読めるのか？」

わかりやすいですから、と言おうとしたが、なんだか面倒臭い展開になりそうだったので口には出さない。

まとめると、「山に行ってドラゴンの容態《ようだい》をチェックし、チャンスがあれば勧誘せよ」というミッションらしい。

「そういえば、竜騎士団の中に竜人族は何匹くらいいるんですか？」

「二百以上いる竜騎士団所属のドラゴンの中で、竜人族はたったの一匹だ」

「それだけ希少なら、たしかに強みになりますね」

「だろ？　その交渉役に、ドラゴンの言葉を理解できるおまえがいてくれればこれほど心強いことはない——頼む、俺たちに力を貸してくれ。成功のあかつきには相応の報酬を用意させてもらう」

竜騎士団分団長の肩書を持つ、二メートル近い巨躯《きょく》の強面《こわもて》男が、平凡以下のサラリーマンに深々と頭を下げた。

思えば、ここまで人から頼りにされたことなどあっただろうか。

小学校も中学校も高校も大学も、いてもいなくてもいいポジションに収まっていた。社会人になってからだって、必要な人材というより替えの利《き》く都合のいい従順な駒《こま》という扱いだ。

だから――頼られたのは生まれて初めてかもしれない。

たとえそれが、レグジートから与えられた力によるものだとしても、本当の意味で誰かの役に立てるのだとしたら。

困っている自分に救いの手を差し伸べてくれた、あの子が笑って過ごせる日を現実にするため、期待に応えよう。

「ハドリーさん……俺、行きます。そのドラゴンがいる場所まで案内してください」

「そうか！　感謝するぞ、ソータ！　牧場の外に俺が乗ってきた馬車を待機させてある！　そいつに乗って合流場所へ急ごう！」

ハドリーは顔を上げ、颯太の両手をガシッと掴んで礼を述べた。傷だらけでデコボコした手から伝わる熱は、ハドリーの想いそのままなのだろう。

時間がないということで、直接キャロルに出かけると伝えられず、ハドリーが書置きを残す運びとなった。

颯太はその間にカッターシャツとスーツのズボンに着替えて、準備が整ったところで出発。

馬車の中でハドリーに聞いたのだが、近年、ハルヴァでは教育向上を政治の一大テーマに据《す》えているらしく、特に識字率の大幅アップを目標に掲げているそうだ。それに伴い、学習機会の均等化を目指した公共施設の整備が急ピッチで進められているとのこと。詳細を聞くに、おそらく颯太のいた世界でいう「学校」に近いシステムになるようだ。

「三十四歳でも……文字くらいは教えてくれないかな」

読み書きを学習したいと思ったが、子どもたちに紛れていい大人が勉強する姿はシュールを通り越してキツイ絵面になるので自重した。独学で学ぶしかなさそうだ。

馬車に揺られることおよそ十分。

竜医との待ち合わせ場所は、王都北門付近にある王国竜騎士団の第三駐屯地《ちゅうとんち》。そこは本部ではなく、あくまでも支部という括《くく》りなので、兵たちの寝泊まりや武器を保管するための、二階建てで簡素な石造りの家屋があるだけであった。

その第三駐屯地では、ハドリーの部下たちによってすでに山へ向けた出発準備が整えられていた。

「かなり大がかりですね」

「相手は竜人族だからな。是が非でも仲間にしたいと気合が入っているんだよ」

あとは竜医の到着を待つだけ、という状況だ。

その時、颯太とハドリーのもとに一人の若い女性が現れた。

「遅くなって申し訳ありません」

「待っていたぞ、ブリギッテ」

女性を見て、ハドリーが笑みを浮かべる。

「朝一で急患が入って……王宮の竜舎で治療をしていたら遅れてしまいました……って、そちらの方は？　見たところ騎士団の人間ではないようですが」

「今回の作戦の切り札となるソータだ。聞いて驚け。なんと、彼はドラゴンと会話ができるんだ」

「ど、ドラゴンと会話？　……竜医として、これ以上なく興味をそそられますね」

ブリギッテという名の竜医は、少しウェーブのかかった真紅のショートカットヘアーを揺らし、澄んだ飴色の瞳で颯太をジロジロと見る。年齢は二十三、四くらいだろうか。しかし、その若々しい外見と不釣合いなほど、凛《りん》とした立ち振る舞いである。可愛いというより美人系の女性だった。

「や、そ、その、あの」

美人に見つめられた経験が皆無の颯太にとって、その熱のこもった視線にはたじろぐばかりだ。

「ふふ、ドラゴンと話せるらしいけど、女性との会話は苦手みたいね」

「まったくだな。ほれ、もっとシャンとしろ」

ハドリーがそう言って颯太の肩を叩いた。颯太は負け惜しみのように言い訳する。

「……今まで女性と接する機会が少なかっただけですよ。慣れたら普通に話せますって」

その言葉を受け、ブリギッテが冗談めかして言う。

「なら、今後に期待ということで。あ、遅れたけど、私はブリギッテ・サウアーズよ。よろしく」

「あ、よ、よろしく……俺は高峰颯太です」

握手を交わす二人。キャリアウーマンっぽい、いわゆる「できる女」という印象だったが、話してみるとフランクで接しやすいタイプだった。女性が苦手な颯太にはなんともありがたい限りだ。

「これで面子《メンツ》は揃ったか。おい、そっちはどうだ？」

「こちらはいつでもいけます！」

ハドリーが呼びかけると、兵士の一人はビシッと敬礼をした。見ると、馬車の周りには完全武装した兵士と、翼を持たない陸戦型ドラゴンに跨《またが》る数十人の竜騎士がスタンバイしている。各々《おのおの》の顔から気迫がにじみ出ており、この任務にかける思いの強さが窺えた。

「みんな凄い気合だなぁ」

「一匹で戦況を変えられると言われる竜人族が見つかったのだから、当然ね」

ブリギッテが馬車に荷物を詰めながら教えてくれた。

「戦況が変わるって……ハルヴァは今どこかと戦争中なのか？」

「え？　ソータはハルヴァの民じゃないの？」

「あ、う、うん。旅をしながら物を売る仕事をしていて、この辺りに来たのはつい最近なんだ」

「本業は商人だったのね」

すっかり商人が定着した颯太。しかも誤魔化《ごまか》しを重ねるうちに、ただの商人から旅をしながら物を売る行商人へと微妙なジョブチェンジを果たしてしまった。

「お二人さん、お喋りの続きは馬車の中でしよう」

ハドリーに促され、馬車に乗り込む颯太とブリギッテ。

目指すは、洞窟に立てこもる竜人族がいるデトラス山である。

◆　◆　◆

デトラス山に向かい、颯太たちを乗せた馬車は森に差しかかる。名もなき森は、辺り一面緑に覆われていた。

絨毯《じゅうたん》を敷いたように真っ直ぐ延びる荒れた道をひた走る馬車の中で、颯太はハドリーにこの世界の情報を求めた。

ハドリーは「よく今までやってこられたな」と呆れていたが、世界情勢について講義してくれる。

「この世界は東西南北で大きく四つの国に分かれている。その中で、西方領ダステニアとは昔から同盟関係にあるが、北方領ペルゼミネと南方領ガドウィンとは……犬猿の仲とまでは言わないが、緊張状態にある」

「じゃあ、竜騎士が戦う相手というのは、そのペルゼミネかガドウィンですか？」

「いや、ここ百年くらいは両国とも大人しくしている。人間なんかより、もっとずっと厄介な連中を相手に戦争をしなくちゃいけなくなったからな」

「ずっと厄介な連中？」

「魔物さ」

颯太は、魔物の存在を知らされてもそれほど驚くことはなかった。「やっぱりな」というのが正直な感想だ。ドラゴンがいたり、亜人がいたりするファンタジー世界なら、モンスターの一匹や二匹いてもなんらおかしくはない。

「ヤツらは加減を知らん。底なしの欲望を満たすため、破壊と強奪と凌辱《りょうじょく》を繰り返す」

ブリギッテも会話に加わってくる。

「標的となっているのは人間だけじゃなく、エルフや獣人族《じゅうじんぞく》もよ。だから、人間と亜人たちは昔から協力関係を築き、助け合いながらこれまで生きてきたの」

ハドリーとブリギッテの顔つきは険《けわ》しい。魔物の危険性については、言葉だけを羅列《られつ》されるより二人の厳しい表情を見た方が、ずっと説得力がある。

「魔物っていうのは……ゴブリンとかオークとか？」

颯太が言うと、ハドリーは感心したような声を出す。

「その辺の知識はあるんだな」

ゲームやマンガで培《つちか》った知識だが、この世界ではそれなりに通用するみたいだ。どうせなら異世界についての本をもっと買っておけばよかったとちょっと後悔。

「ドラゴンと人間や亜人とは、味方同士って認識でいいんですか？」

「一概にそうとは言い切れないわ。ドラゴンを神聖視している国もあれば、悪の権化《ごんげ》と忌み嫌う国もあるから」

「その辺は宗教上の理由もあって、我が国も強くは言えないんだ」

颯太の質問に、ブリギッテとハドリーが交互に答える。この世界でも信仰の自由はあるらしい。

「ただ、ハルヴァをはじめとして、友好関係を築こうとしている国が大半であることは覚えておいてね……ドラゴンの方はどう思っているかわからないけど」

ブリギッテは心配していたが、竜王レグジートの様子から、ドラゴン側は人間に対してそこまで悪い感情を抱いているわけではないのかもしれない。

ただ、悪の権化として捉えている国家がある以上、人間へ敵対意識を持ったドラゴンもいるという可能性を頭の片隅にとどめておくことにした。


しばらく森を走っていると、窓から見えていた木々が突如としてなくなった。あまりにも不可解なその光景に、颯太の目は窓の外に釘付けとなる。

木がない。

草がない。

生物がいない。

ただただ荒野が広がっている。

「数年前まで、ここには王都で使用する木材を調達する、木こりたちが住む村があったんだ。人口はおよそ三百人ほどだったが……全員魔物によって惨殺された」

窓にかぶりついていた颯太が知りたいことを、ハドリーは悔しさを押し殺したような声音で教えてくれた。王国竜騎士団として、村人たちを守れなかったことに憤《いきどお》りを感じているらしい。

「まるで戦争だ……」

平和な日本で暮らしていた颯太にとっては、戦争は遠い国の出来事としか考えたことがなかった。空爆とかテロとか、テレビやネットで毎日のように見かける事件を「そうなんだー。大変だなー」くらいにしか思わなかったのである。正直、戦争に関するニュースより、月末に待ち構えている営業報告会議の方が颯太としては怖かった。

それが、この世界では戦争が身近な問題になっている。それも人間じゃなく、魔物が相手なのだ。

「しかし驚くほど何も知らないんだなぁ……本当にお前、商人か？」

さすがに物事を知らなすぎると、ハドリーに怪しまれだした。

「……まあいいか。旅の商人なら、世界の動きは細かくチェックしておけよ。道中で魔物に襲われたらまず助からないからな」

「そ、そうですね」

少し信用を落としたようだが、それを回復するためにも、この案件は必ず成功させなければと気合を入れ直す。

それから改めて、魔物について考え始めた。

悪意を向けられることはあっても、殺意を向けられたことはない。

しかし、この世界は違う。

本物の殺意を抱いた人外の生命体が当たり前のように存在している。

颯太はこれまで散々、ここは今まで住んでいた世界とは違うと思い知らされたのに、まだ心のどこかでは日本と同様平和な場所だと思っていた。

だが、今の凄惨《せいさん》な話を聞いて、そんな考えは吹き飛んだ。大丈夫だ、という根拠のない思いに甘えれば、死につながる恐れがある。注意しなければならない。

静かに気合を入れ直したところで、馬車が停止した。

「着いたようだな」

「では、行きましょうか」

ハドリー、ブリギッテに続いて、颯太も馬車を下りた。

件《くだん》の洞窟は入口の高さが十メートルほどで、横幅はその倍くらいある。想定していたよりもずっと大きなものであった。近くには村があるため、周辺はすでに数十人の武装した兵士が取り囲んでおり、息苦しいくらいの厳戒態勢が敷かれている。

この奥にドラゴンが——竜人族がいる。

いざその場に行くとなると胸の奥から緊張感が押し寄せ、思わず体が震えた。

「状況は？」

ハドリーが現場責任者らしきチョビ髭《ひげ》の兵士にたずねた。声をかけられたチョビ髭兵士は一度敬礼をしてから、厳《おごそ》かに報告する。

「変化なしです。銀竜《ぎんりゅう》は未だに洞窟の奥から動こうとしません」

銀竜……それが、洞窟の奥にいるドラゴンの通り名らしい。

ここでも、颯太が何者であるか各所からツッコミがあったが、そのたびにハドリーが「ドラゴンと話せるヤツ」と答えていた。その情報が兵士から兵士へと伝達されていき……

「ドラゴンと話せるヤツがいるってよ！」

「それは凄いな！」

「まさに神の使いだ！」

ついにはその場にいた兵士たちから、拍手喝采《かっさい》で迎えられることになってしまった。

「大人気ね」

「はは……」

苦笑いなのかため息なのかわからないモノが、颯太の口からこぼれた。

彼らの期待は、逆に大きなプレッシャーとなって颯太の肩にのしかかる。ドラゴンと話せるとはいえ、彼は交渉が得意なわけではない。すべてのドラゴンがイリウスのように話のわかるフレンドリーな者ではないだろう。おまけに、今回は普通のドラゴンより何倍も強力だという竜人族相手だ。出会って二秒で食いちぎられるという未来だってあり得なくはないのだ。

ゴクッと唾を呑む。

最悪の結末だけが脳内をグルグルと旋回飛行して、洞窟に向かう颯太の足取りを鈍《にぶ》らせた。

数人の兵士に護衛され、ハドリーとブリギッテにも同行してもらっているが、それでも不安が心を覆い尽くす。

そんな颯太がふと思い出したのは――楽しそうに仕事のことを話すキャロルの笑顔だった。

彼女の笑顔を思い出したら、不思議と颯太の心は落ち着いた。

「ふぅ……」

「……どうした？」

「精神統一ってヤツですかね……」

怪訝そうにたずねてきたハドリーに答えて、颯太は一歩を踏みだした。

洞窟の手前一メートルほどまで近づくと、中から生き物の息遣いのようなものが聞こえてきた。

さらに、辺りに立ち込める獣臭がその存在感を強めている。

颯太が洞窟に入り、奥へ進むと――

「うおっ！」

意外と手前の方に目的のドラゴンがいた。

全身が銀色の鱗で覆われた竜――銀竜が、力なく下顎を地面につけて伏せている。

体を丸めて寝そべっているため、正確なサイズは不明だ。しかし、確実に全長四メートルほどのイリウスよりも大きい。口元には鋭い牙がのぞき、頭の角はまるで雄の羊角《ようかく》のごとく曲がっていた。

銀竜は浅葱《あさぎ》色の瞳で颯太を一瞥《いちべつ》すると、興味なさげに目を伏せる。

「き、聞こえるか？」

颯太が話しかけると、銀竜の体がピクリと反応を示した。が、それきりなんの動きもなくなってしまう。さすがにこのままでは会話も交渉もできないので、せめて一言でも引き出そうと颯太は語りかける。

「君と話がしたいんだ」

「………………」

「どうしてここにいるんだい？」

「………………」

「どこか調子がおかしいのか？」

「………………」

銀竜が何も答えないのを見て、ブリギッテはハドリーに進言する。

「ドラゴンと話せたとしても、相手が何も返してくれないのでは会話が成立しませんね。ここは一旦退いて、作戦を練り直した方がいいのでは？」

「うぅむ……」

ハドリーは、上からの「なんとしても竜人族をこちら側へ引き入れよ」という無茶振りに困り果てていたところだ。そこに「ドラゴンと話せる」という唯一無二の武器を持った若者が、経営難に

陥《おちい》る姪《めい》っ子の牧場に現れた。これは公私のふたつの悩みを一気に解決できる光明だと、彼は颯太を
ここまで連れ出したのだが、やはりちょっと早計すぎたかと猛省していた。

ただ、ハドリーの中で颯太が切り札であることは変わらない。

そもそも、銀竜は発見した時からまだ一度も声を発していないのだ。だから、この事態は颯太に非があるわけではない。ともかく、あの竜人族の態度をなんとかして軟化させる必要があった。

「ソータ、一旦戻って態勢を立て直そう」

ハドリーがそう言う。颯太も、これ以上やっても手応えは得られないだろうと思っていたので、その案には賛成だった。駐屯地に戻ろうと、銀竜に背を向けた瞬間――

「人間の言葉など……二度と信用せん」

その声は、明らかに銀竜のものだった。颯太は慌てて振り返り、声の主へ話しかける。

「やっと口をきいてくれたな、銀竜。二度と信用しないっていうことは……一度目は盛大に裏切られたのか？」

「っ！」

意表を突かれた銀竜はガバッと体を起こし、驚愕の表情で颯太を見下ろす。明らかに動揺の色が見て取れた。

「貴様……なぜ我の言葉がわかる」

「竜の言霊の力だよ」

「りゅ、竜の言霊だと……あり得ん！」

銀竜の叫びには明確な怒りが込められていた。

ただの咆哮《ほうこう》にしか聞こえない兵士たちが武器を構える。

颯太が「待ってくれ！」と声を荒らげると、ハドリーは兵士たちを制止した。

ブリギッテは、明らかに颯太の声に反応している銀竜を見上げ、半信半疑だった颯太の能力が本物であると確信していた。

「なぜそこまで怒るんだ、銀竜」

「黙れ！」

洞窟内に銀竜の咆哮が轟《とどろ》く。耳を塞いでいても、鼓膜を劈《つんざ》くほどのボリュームで、颯太をはじめとするその場にいた人間全員が苦悶《くもん》の表情を浮かべる。

銀竜はそんな人間側の様子など意に介さず、驚くべき事実を告げる。

「認めんぞ……竜王が……我が父レグジートが人間に竜の言霊を与えたなど、絶対に認めない！」

「我が父って……おまえ、竜王の子どもなのか！」

子どもがいるとは聞いていなかった颯太は呆然としてしまう。ドラゴンも生物である以上は種の保存のため、子孫を残すのは当たり前だ。そう理解できても、あまりにも唐突な子ども発言に、颯太の思考回路はショート寸前だった。

ハドリーがうろたえたように颯太にたずねる。

「こ、子ども？　ソータ、本当にそいつは自分を竜王の子と言ったのか？」

「は、はい」

「そりゃ驚いたな……まさか銀竜が竜王の血を受け継ぐドラゴンだったとは」

「え、ええ……竜王の伝承は当然知っていましたが、まさか子どもがいるだなんて……」

どうやら、ハドリーたちにとっても、竜王に子どもがいるというのは驚愕の事実だったらしい。

だが、それもしょうがないのかもしれない。友好的だとはいえ、会話もなしに竜王の血縁関係などを詳しく知るのは不可能に近い。生態研究の名目で四六時中張りついていれば、あるいはその事実を知れただろう。が、ハドリーたちの反応を見るに、実行した人間はいないみたいだ。

すると、銀竜が呆れたように言う。

「無知な者共だ……竜王には全部で五十五の子がいる。我はその中で十八番目の子だ」

「ご、五十五？」

さらに驚きの事実が発覚。もはや子だくさんどころの騒ぎじゃない数字だった。

とりあえず、颯太は皆にその事実を伝えることにする。

「……どうやら竜王には五十五匹の子どもがいるみたいです」

「そ、そんなにいるの？　……節操ないわね」

ブリギッテは顔を引きつらせてドン引き。やはり女性の心証はあまり良くないらしい。

「何を言ってんだ、ブリギッテ。男は愛多き生き物だよ。それは人もドラゴンも変わらないのさ」

「……ただの浮気性じゃないですか。奥さんに言いつけますよ？」

「純愛に生きてこそ男ってモンだろ」

奥さんの名を出された途端に、ハドリーは己の発言を急遽《きゅうきょ》修正。よほど奥さんが怖いと見える。

「ま、まあ、竜王は八千年も生きているらしいので、一概に浮気とは言えないかもしれませんが」

そもそも、浮気とか、そういう不貞《ふてい》行為に関する概念自体がドラゴンにはなさそうだ。あくまでも種の保存活動の一環であり、レグジートをめぐり雌のドラゴン同士で揉めることは少ないのではないか――と、颯太は勝手に分析してみる。

「……貴様が父に認められた人間で、竜の言霊を持っていようが、我の意思は変わらぬ。目障《めざわ》りな兵共を連れてさっさと山から去れ」

クールダウンした銀竜は、静かながらも他者を寄せつけぬ威圧感に包まれた態度で、颯太たちに山から撤退するよう要求する。だが、息が荒かったり、発汗も凄まじいことから、明らかに衰弱しているのがわかる。痩せ我慢をしているのがバレバレだ。

「待ってくれ。おまえにどんな事情があるか知らないが、ここにいる人たちは弱っているおまえを本気で心配しているんだ」

「信じられるものか、人間など」

「なぜだ？　なぜそうまで人間を嫌う？」

「……ならば、それだけは教えてやろう」

颯太の問いに、薄暗い洞窟の中でつぶやく銀竜。その声は、消え入りそうな儚《はかな》さを漂わせていた。

「我はあまり群れることを好まぬ。ゆえに、これまでのほとんどの時間をとある山の中で静かに過ごしていた」

銀竜はゆっくりと語り始めた。

「だがつい最近、我は親と一緒に山菜採りをしている途中で道に迷ってしまったという一人の少女と出会った。さっさと追い払おうとしたのだが、無垢《むく》な笑顔で我に語りかけてくるその姿を見ていると、威嚇する気も失せてしまった」

「……その後、おまえはどうしたんだ？」

「森の出口へ案内してやった。しかし、少女は何を思ったのか、数日後、再び我のもとへ姿を現した。お礼をしたいと言ってな。その日から、我と少女――マリアの交流が始まった」

なんとなく、自分とレグジートの出会いに似ている気がする。

そんなことを思いながら、颯太は銀竜の言葉に耳を傾けた。

「しばらく交流したあと、少女は一緒に村へ行かないかと提案してきた。両親にも会わせたいと言ってな」

「それで？」

「マリアの熱意にほだされて、我は人間の姿になり、森を出て村へ行くことを決めた。そして……」

銀竜は言葉に詰まった。しばらくして、振り絞るように言葉を吐き出す。

「……ノコノコついていった愚かな我は、ドラゴンの情報を耳にして待ち構えていた騎士たちによって剣で滅多刺しにされた挙句、火で体を焼かれた。我だけにとどまらず、マリアは悪しきドラゴンを引き入れたとして、その小さな体に見合わぬ凄惨な拷問を受けて殺されたのだ。さらにはあの子の両親も同罪だと断頭台送りだ。『おまえさえ来なければ！』と泣き叫ぶ両親の顔を……我は生涯忘れぬだろうな」

「………」

おそらく、ドラゴンを悪の権化として忌み嫌う国家の仕業だろう。ドラゴンだけでなく、関わった人間の血縁者まで処刑する徹底ぶりには、狂気さえ感じる。

「最後の力を振り絞ってヤツらを払いのけたあと、なんとか追手から逃れてこの地へとやってきたが……どうやらこの穴に身を潜めるところを近くに住む人間に見られたようだな」

「そんなことがあったのか……」

もしそこが竜騎士団のいる国であったなら攻撃をされなかっただろうし、マリアという少女が処刑されることもなかった。

度重なる不運が、銀竜を人間嫌いにしてしまったのだ。

「我はもう誰とも関わる気はない。それでも我を連れ出そうと言うなら、我が身を守るためにおまえたちを一人残らず食い殺す」

その時の傷はすでに癒《い》えている。だが、その心は今もズタズタのままのようだった。

かける言葉が見つからない。心理カウンセラーでもない颯太は、銀竜の傷ついた心を癒《いや》す術は持ち合わせていないのだ。

それでも、このまま放ってはおけなかった。

傷ついた時、そばに誰もいない辛さはよく知っている。心理学から得た知識なんかじゃなくて、実体験からそう断言できた。

こいつは似ているんだ。

心の裏側に、本当の気持ちを押さえ込んでいた自分と。

だからわかる。

少女との出会いは本当なのだろうが、心境については真実を語っていない。

このドラゴンは真の気持ちを隠していると、颯太の直感が告げていた。

「銀竜……俺は……」

「消えろと言った。それとも、貴様から食いちぎってやろうか？」

銀竜の浅葱色の瞳が揺らめく。

しばらく颯太と見つめ合って、銀竜は目を閉じた。それからは何も話さず、ただ大人しく、その身を横たえている。

「……一旦洞窟を出よう」

颯太たちは、洞窟近くの岩に腰を下ろす。長期戦の構えだ。

銀竜の事情を説明し、時間をかけて説得するべきだと提案したところ、ハドリーはそれに賛成してくれた。

また、銀竜が兵士の存在をよく思っていないことを告げると、洞窟を囲んでいた兵士の半分近くは王都へと帰還し、最低限の兵士だけがその場にとどまることとなった。

颯太が銀竜との会話を思い出しながら、どうしようかと考えていた時、「グー」と腹が鳴る。

「ぬぐっ……」

恥ずかしくなって、お腹を押さえる。

この世界でも朝昼晩の三回に食事が分けられていることは、ハドリーからそれとなく聞いていた。だとすると、腹の空き具合からして、今は昼時になるだろうか。

「何か……食べる物は……」

座っていた岩から腰を上げると、欠伸《あくび》を噛み殺しつつ軽く伸びをする。強張《こわば》った体をほぐしていたら、ブリギッテが昼食を持って近づいてきた。

「お疲れ様。お腹空いたでしょう？　これどうぞ」

ブリギッテが渡してきたのはパンだった。二枚重ねになっていて、間に数種類の色鮮やかな野菜が挟まれている。この世界でもサンドウィッチはあるらしい。ただ、使用されている野菜や肉は、まず颯太のいた世界にはない物だろう。

「さあ、食べましょう」

そう言って、ブリギッテはさっきまで颯太が座っていた岩に腰を下ろす。そして、すぐ隣をポンポンと叩いて「ここへ座りなさい」とアピール。美人の誘いにノーと言える度胸のない颯太は黙ってその指示に従い、ブリギッテの隣へ着席する。

「あんな険しい顔でずっと考え込んでいたら疲れるでしょ？　少しは休憩しないともたないわよ」

「そうだけど……まだ何もしていないからな」

どうやって銀竜を説得しようか、そればかり考えていた。どれだけ頭をフル回転させてみても、妙案は出てこなかったが。

「随分と銀竜を心配しているのね」

「心配……そうだな。心配だ」

先ほど聞かされた惨劇において、銀竜にはなんの非もなかった。幸せから不幸のどん底に叩き落とされた銀竜は、まさに人生――いや、竜生の岐路《きろ》に立っている。

ハルヴァで人との良好な関係を再構築するか。

それとも、人間の敵として、これから先の長い竜生を血で染めるか。

颯太としては前者の方へ導きたいと思っている。きっと、ドラゴンに対して深い愛情をもって接している心優しいキャロルなら、銀竜の心の傷を癒せるはず。

そのシナリオへつなげるために、自分が銀竜にしてやれることはなんだろうか。

「ほらほら、悩んでばっかりいないで食べようよ」

「そ、そうだな」

ブリギッテに促され、颯太は頭を切り替える。脳を酷使したので、その分の栄養補給は必要だ。

改めて渡された料理を見る。未知の食材が使用されていると考えると、ちょっとだけ食べるのに抵抗感が湧いた。しかし、昨夜もキャロルの作ったハンバーグっぽい物を食べているのだから、今さらなんだと思い直し、大口を開けてかぶりつく。

「……うまっ！」

「それは何よりね。リージュもあるから、よかったらどうぞ」

ブリギッテがリージュと呼んだコップに入った液体は、匂いからして果汁を使用したジュースのようだ。一口飲んでみると、甘味が口に残らない、適度な爽《さわ》やかさを感じる味でとても美味しかった。しいて似た味の果実を挙げるならライチが近いか。

美味しい食事とドリンク。颯太は異世界での初めての昼食を存分に堪能《たんのう》した。

「よし、腹も膨れたし、銀竜をどう説得するか考えないと」

「ふふ、仕事熱心ね」

「……仕事ってことを抜きにしても、あいつはなんか放っておけないんだ。なんとなく、銀竜は昔の俺と似ているんだよ」

「昔のソータと？　昔のソータってどんな感じだったの？」

「あ、それってやっぱ説明しなくちゃダメ？」

「むしろそこでやめられたら気になって今夜眠れないじゃない」

ブリギッテが顔を寄せてきた。至近距離で感じる美人の吐息に、胸が高鳴って気絶しそうになる。意図的なのか天然なのか、ブリギッテの仕草はひとつひとつが妙に色っぽく感じた。

——気を取り直して。

「……昔って言ったけど、それほど遠くないんだ。ほんの数日前の俺のこと」

まだ、前の世界にいた頃の颯太。

素直な気持ちを誰にも吐露《とろ》できなかった頃の自分。気を遣ってばかりでいつも本心を偽《いつわ》っていた。

銀竜も同じように、自分の気持ちを偽っている。

「誰かと関わることを恐れているってところが似てるかな。そのくせ、誰かと関わっていないと凄く不安になってくる。って、なんかわがままな子どもみたいだな」

「そんなことないと思うけど。誰だって一人になりたい時はあるし、かといってずっとその状態が続くと人恋しくなるっていうのもわかるわ。でも、商人という仕事柄、常に誰かと関わっていなくちゃいけないから大変なんじゃない？」

「まあ、ね。たしかに苦労は絶えなかったよ」

コミュ障なのに営業職をやろうというのはたしかに無茶だが、あの時の颯太にはそれ以外に選択肢がなかったのだ。

小さい頃からこれといってやりたいことはなかった。「サラリーマンでもやって、普通に暮らしていけばいいや」という軽い考えだけはあったが、その「普通の暮らし」を手に入れるのがどれほど難しいものかを、大人になって嫌と言うほど思い知らされた。普通というのは、実はとんでもなく贅沢なのだ。

颯太が己の過去について後悔の念を募《つの》らせていると——

「う、うおぉおおぉお……」

洞窟内から呻《うめ》き声が漏れ聞こえてきた。

不気味な唸り声として捉えたハドリーと兵士たちは、臨戦態勢を取ろうと武器を構える。しかし颯太には、それが敵意むき出しの唸り声には到底思えなかった。むしろあれは……

「……苦しんでいる？」

颯太は咄嗟に駆けだす。兵士たちが「危険だ」と止めようとしたが、それを無視して洞窟へと足を踏み入れた。

銀竜は再び洞窟に入ってきた颯太を見て、自嘲《じちょう》気味に言う。

「我の死を見届けに来たか……人間」

衰弱が進み、発汗の量も増えている。原因はわからないが、とにかくもう予断を許さない状況だ。

「銀竜！」

銀竜に駆け寄る颯太。しかし、銀竜にはその姿が過去に自分を襲った人間たちと重なってしまう。

「寄るなぁ！」

叫び声に一瞬怯《ひる》むも、颯太が足を止めることはなかった。だんだんと銀竜との距離を詰めていくが、その行為が逆に銀竜を追い詰めていくことには気づかない。

「おぉおおぉお！」

ブン、と風を切り裂く音。銀竜の太い尻尾が颯太へ放たれ——直撃する。

「ぐはっ！」

反射的に尻尾を払っただけで本気の攻撃ではなかったようだが、洞窟手前まで吹っ飛ばされた。

慌ててブリギッテとハドリーが颯太を抱き起こす。

「ソータ！」

「大丈夫か！」

「へ、平気です」

体のあちこちから出血していたが、颯太は気にせず立ち上がると再び銀竜へ近づこうとする。

「待って、ソータ」

その時、ブリギッテが颯太を止めた。

「さっき、銀竜が尻尾を振った時に見えたんだけど……尻尾の付け根の辺りに矢が刺さっていたわ」

おそらく、逃げのびる時に受けたものだろう。

「矢が？　目がいいんだな」

「まあね。そんなことより、矢が刺さっていてあの弱り方ってことは、銀竜の衰弱は毒矢によるものかもしれないわ。だとすると、さっきの興奮で毒の回りが早まった可能性がある。でも、この予想が正しければ、あの矢に付着している毒を調べることで解毒剤を作れるわ！」

人間の矢によって受けた傷が衰弱の原因であるとわかり、颯太は銀竜へ語りかける。

「銀竜……おまえの尻尾にある矢をよく見せてくれ」

「断る。人間に体を触れられるくらいなら、死を選ぶ」

頑《かたく》なに、人間の助けを拒絶する銀竜。このままではまた平行線になってしまう。かといって、無理に取り押さえようとすれば、今度は本気で暴れるだろう。

急がなければならないのに、どうにもできない。

「た、大変です！」

颯太がもどかしさに苦しんでいると、一人の負傷した兵士がひどく取り乱した様子で森の茂みから飛び出してきた。顔面蒼白となっている彼は、人数減らしのためにハドリーが王都への帰還を命じた兵士の一人である。

「どうした、そんなに慌てて」

ハドリーがたずねると、呼吸を整える間もなく兵士が告げる。

「ま、まも、ま——魔物が現れました！」

「ま、魔物だと！　数はどれほどだ！」

「オークが五体とゴブリンが三十体ほどです。先に帰還命令を受けた兵士たちが現在交戦して人里への進攻を食い止めていますが、突破は時間の問題だと……思われ……ます……」

報告を終えた兵士は力尽きたのか、その場に倒れ込んだ。致命傷を負っているようには見えないので、極度の疲労と緊張により気を失ったらしい。

「オークとゴブリンか……数年前、あの村を消した一団だろうな」

ハドリーが言っている村とは、道中に目撃した、荒野と化した場所にあったという木こりたちの村のことだろう。

「上等だ。ハルヴァ竜騎士団の名にかけて、ヤツら全員の首を刎《は》ね飛ばしてやる」

みるみるうちにハドリーの表情が変貌していく。

怖いけど、中身は陽気でお茶目なオッサンという印象を持っていたが、今のハドリーはまさに鬼神と呼ぶに相応《ふさわ》しい形相《ぎょうそう》で、颯太は思わずゾクッと寒気を感じた。

「王都からもいくつかの部隊が送り込まれるだろうが……この近辺の村を狙っているとなると間に合いそうにないな——よし、魔物共の足を止めるぞ！　俺に続け！」

闘争心を剥《む》き出《だ》しにしたハドリーにつられて、他の兵士たちの士気も急上昇。それぞれ王都にある竜舎から連れてきたパートナーの陸戦型ドラゴンに跨って出撃準備を整える。

「ソータ、ブリギッテ、おまえたちはここにいろ！」

「え、で、でも——」

「非戦闘要員であるおまえたちを守りながら戦えるほど楽な相手ではないし、そもそも圧倒的にこちらの戦力が足りない状況なんだ。俺たちはあくまでも本隊到着までの時間稼ぎに徹するつもりだ。すべてが片づいたら必ず迎えに来る」

簡潔に理由を述べて、ハドリーは本来のパートナーであるイリウスではない、別の陸戦型ドラゴンに跨り、兵士たちを率いて魔物討伐に出発した。

残された颯太とブリギッテは、顔を見合わせてうなずき合う。

「説得を再開しよう」

「それしかないわよね」

二人は銀竜が横たわる洞窟へ。目的は、当然ながら銀竜に適切な治療を受けさせ、体を回復させること。これはハルヴァの竜騎士団へ招く以前の問題である。

ここで毒による衰弱死なんてことになったらすべてが台無しになるし、そもそも銀竜だって本心ではそんな最期を望んではいないはずだ。なんとしても、あの堅物に治療を受けさせないと。

「銀竜……」

「しつこい男だ……次は加減せんぞ……」

銀竜は口の端から泡を吹き、ふらつくほど足腰も弱っている。

一刻を争う事態に、颯太は強行策に打って出た。全力疾走で銀竜へ近づき、尻尾の付け根に突き刺さった矢を引き抜くつもりなのだ。

颯太が駆けだすと、銀竜は吠えた。

「加減しないと言ったはずだ！」

振り上げられる銀竜の尻尾。

颯太はヘッドスライディングの要領で前方へダイビング。素人《しろうと》が見様見真似《みようみまね》でやったものだから、いろいろな場所が岩肌で擦り切れたが、気にとめることもなく、銀竜の尻尾に飛びつく。

「そうまでして死にたいか！」

銀竜は颯太を振りほどこうと尻尾を滅茶苦茶に振り回す。尻尾をあちこちに打ちつけたせいで、銀竜もまた出血していた。

颯太はなんとかしがみつきながら、銀竜に話しかける。

「……いや、死ぬ気はないぞ」

「なら、なぜ貴様はそこまで我にこだわるのだ！」

「苦しんでいるおまえを助けたいって以外に、理由なんてないさ」

「！」

「俺はおまえの言葉が理解できる。苦しいのなら苦しいと伝えてくれ。俺は……ただ純粋におまえを助けたいと思っている」

颯太の言葉を受けて、暴れ回っていた銀竜が動きを止めた。その隙をついて、矢を引っこ抜く。

「ブリギッテ。こいつを頼む」

そのまま矢をブリギッテに向かって放り投げた。地面に落ちて回転しながら進む矢を足で踏みつけ、手に取ったブリギッテは、颯太に大声で呼びかける。

「ソータ！　私はこの矢に付着した毒素を分析して解毒薬を作ってみる！　それまでになんとか薬を飲むよう説得して！」

「わかった。そっちは任せた」

ブリギッテは急いで洞窟の外へ。

「銀竜……聞いてほしい」

尻尾から飛び下りて、正面から銀竜と向き合う颯太。

「おまえは俺によく似ているんだ」

「何……？」

「おまえ……本当は寂しかったんじゃないか？」

「寂しい、だと？」

「寂しいって言い方をすると軟弱に聞こえるかもしれないけど……心の奥では誰かにそばにいてほしいって思っていた。でも、自分はドラゴンだから無理だと、あきらめていたんじゃないか？」

「……それが、ドラゴンに生まれた我の運命だ」

「そうかもしれない。でも、おまえはそれを打ち破ろうとした。女の子についていったのだって、その子と友だちになれるかもしれないって思ったからだろ？」

「…………」

銀竜が少女についていったのは、その先にある明るい未来を信じていたからに他ならない。一度は最悪の結末を招いたが、その未来への分岐ルートはまだ生きている。

しかしかつての結末が原因で、銀竜は今、分岐ルートの前で足踏みをしている状態だ。

その姿はまるで自分じゃないかと、颯太は自嘲気味に笑う。

コミュ障で、壊滅的な対人能力の自分。それでも、誰かとつながっていないと不安で仕方がない。孤独でいいと言いながらも心根では関わりを求める矛盾。偽りに偽りを重ねながらも、懸命に生きようともがいてきた。それが高峰颯太の半生である。

だが、銀竜は生きること自体をあきらめようとしている。

颯太も、仕事と人間関係がうまくいかない辛さから、うわごとで「死にたい」と漏らした経験はあるが、すぐに頭を振ってその思考を根元からかき消した。死んでどうなる。死んだって何も変わらない。むしろ、負けた気がする。誰に対しての敗北かは定かでないが。

たぶん、銀竜だって無意識に死にたくないと思っているはずなのだ。

本当に自暴自棄《じぼうじき》になって、死を待つだけなら、颯太に過去を打ち明けることなんてしないだろう。

銀竜は無言のままだったが――頬にはわずかな水滴が伝っていた。その涙はどんな言葉よりも雄弁に銀竜の心中を物語る。

「あの時、おまえが望んだ未来の姿……それを俺が叶える。マリアという子の代わりはできないかもしれないが、マリアと同じようにおまえを元気づけてやりたいと心から願っている」

その苦しみのすべてを救えるとは言わない。

その悲しみのすべてを癒せるとは言わない。

その憎しみのすべてを消せるとは言わない。

ただ、一緒にいよう。

同じ空間の中で、同じ時を過ごそう。

「俺たちと生きよう、銀竜。もう二度と、おまえに寂しい思いはさせない。辛い時は俺がそばにいる。俺はおまえたちの言葉が理解できる——心が通じ合えるんだ。だからなんでも言ってくれ」

嘘偽りのない颯太の真っ直ぐな眼差しが、銀竜に注がれる。

洞窟内は静寂に包まれた。

颯太はそれ以上何も語らない。

ただ、銀竜からの返答を待っている。

◆　◆　◆

銀竜は記憶を遡《さかのぼ》っていた。

『おっきぃドラゴンさん、お怪我してるの？　大丈夫？』

『おっきぃドラゴンさんはどこから来たの？　お空飛べるの？』

『おっきぃドラゴンさん、お腹空いたでしょ？　これ食べてみて。お母さんと作ったんだよ』

『おっきぃドラゴンさんにこれあげる。幸せになれる花飾りだよ。お母さんに作り方を教わったの』

これまで、人と関わらずに生きてきた銀竜は、マリアと出会ってから人間という生き物に対する考え方を改めた。

マリアといるのは――人間といるのは楽しい。

叶うのなら永遠に続いてほしい時間だった。

あの優しい笑顔をずっと近くで見ていたかった。

死の直前まで、自分の心配をしてくれたあの子のそばにいたかった。

しかし、平穏な日々が奪われ、この地へと逃げ延びた。

もう人間を信じないと決めていたのに――あの少女と同じ目をした男が、自分の死を食い止めようと立ち塞がっている。

もう二度とあんな思いはしたくないのに、この人間はそれを許さない。この人間の言うことはいちいち的確で、自分の本心を見透かしているかのようだ。

俺も同じだからと、あの男は言った。

同じ辛さを経験し、それでも、あきらめて死を待つだけの自分と違って、この男は抗っている。

すべてを呑み込もうとしている。

「……ソータと言ったか」

「あ、ああ」

「今からでも……我の治療は間に合うだろうか」

「そ、それって！」

「おまえが叶えると言った我の望んだ未来の姿……それを見るために、我は生きようと思う」

銀竜は、まるで憑《つ》き物が落ちたように晴れやかな顔をしていた。

「銀竜……」

「もう一度だけ――おまえたち人間を信じてみる。だから、我の命を救ってほしい」

「お待たせ！」

タイミングを計ったかのように、ブリギッテが薬の入ったコップを手にして戻ってきた。相当急いできたのだろう。息も絶え絶えで汗だくだ。

ブリギッテはすっかり大人しくなった銀竜を見て、恐る恐る颯太に問いかける。

「説得……うまくいったの？」

「ああ。すぐにその薬を銀竜に。今なら抵抗しないはずだ」

「わ、わかったわ！」

さすがは竜医だけあって、ブリギッテの薬を飲ませる手際は慣れたもの。服用してからものの数分で汗が引き、顔色も良くなってきた。

「凄い即効性の薬だな」

「薬の効果だけじゃなく、もともと銀竜が他のドラゴンと比べて体が強いっていうのも回復が早い理由のひとつね」

「そういや、竜人族は他のドラゴンに比べて全体的な能力が高いんだったな」

竜人族のハイスペック設定を再確認していた頃には、すっかり銀竜の体調は元通りになっていた。

「助かった。感謝するぞ」

礼を述べる銀竜だが、ドラゴンの言葉が理解できないブリギッテには、睨まれたうえに吠えられたという感じにしか映らない。威圧されているような気さえしてくる。

「銀竜はお礼を言っているよ。助かったって」

「そ、そうなのね……」

しかしそれも、颯太がいれば問題ない。颯太が正しくドラゴンの気持ちを代弁すれば、悲しいすれ違いなど起きないのだ。

「さて、体の調子が良くなってきたら……少々暴れたくなってきたな」

「お、おいおい、何をいきなり物騒なことを……」

「いるんだろ？　我にとって、そして人間にとっての大敵――魔物が？」

「っ！　ぎ、銀竜……協力してくれるのか？」

「おまえたちと一緒にいた竜騎士団……皆、とてもよくしてくれた。我を気遣い、食事や寝床まで用意しようとしていたのだ。もっとも、『要らぬ』と一蹴してしまったが……彼らにも、悪いことをした。魔物を蹴散《けち》らし終わったら、そのことを謝りたい」

颯太がここへ来る前、発見されてからずっと、ハルヴァ竜騎士団は銀竜を献身的に見守っていた。その姿勢もまた、銀竜の心の氷を溶かすのに一役買っていたのだ。

「それ、賛成だ。きっとみんな喜ぶよ」

「通訳はソータに一任する」

「任せておけ」

銀竜に信頼されている。颯太は強くそう感じていた。

「さあ、我に乗れ！　我が加勢する以上、誰一人として死なせやしない！」

洞窟を抜け出した銀竜は翼を大きく広げ、これまでの鬱憤《うっぷん》を晴らすようにひと吠え。木々を揺らし、大地を震わせる雄叫《おたけ》びを聞いても恐怖や怯えは生まれてこない。立ち込める暗雲を切り裂く清々しいまでの叫びぶりは、こちらまでスカッとした気持ちにさせてくれる。

銀竜は頭を下げ、そこへ飛び乗るよう颯太とブリギッテに告げた。颯太はその言葉を通訳して頭に乗り、角にしがみつくとブリギッテを引っ張り上げて準備完了。

「落ちないようにしっかりつかまっててくれ」

「え、ええ」

ギュッ。

颯太の指示通り、背後から颯太を抱きしめるような形でしっかりとつかまるブリギッテ。

「………………」

颯太は硬直する。たしかにしっかりつかまれと言ったが、颯太の感覚としては自分にではなく、反対側の角につかまれよというニュアンスだった。これでも安全面では問題ないのだが、薄いカッターシャツ越しに伝わるブリギッテの胸の感触は、颯太の精神に多大なダメージを負わせたのだった。

颯太は背後のブリギッテをなるべく意識しないよう、銀竜へ話しかける。

「さ、さあ、これで準備はバッチリだ。みんなのところへ行くとしよう――頼んだぞ、銀竜」

「……メアンガルド」

「え？」

「それが我が名だ。覚えておくがいい」

「……ああ！」

銀竜改めメアンガルドは、戦場を目指してその翼を羽ばたかせる。

◆

◆

◆

「一旦後退するぞ！　オーク共の足元に一斉攻撃！　怯んで動きが鈍《にぶ》くなった隙にこの場を離脱する！　ゴブリンは無視して態勢を立て直すことに集中するんだ！」

苛烈《かれつ》さを増す戦場で、指揮官を務めるハドリーは力の限り叫んだ。

ここまで、負傷者を出しながらも死者はゼロ。三メートルはゆうに超える巨体のオークを二体撃破し、すばしっこいゴブリンは十体以上葬《ほうむ》った。戦力差を考えれば大健闘と評していい戦果だ。

それでも、ここまでが限界だった。

伝令の話では、この先にある村の住民たちの避難はまだ終わっていない。少しでも時間を稼いで一人でも多くの命を救おうと、がむしゃらに戦っていたが、その「がむしゃら」が通じない局面になってきている。

まだ、王都から応援は来ない。しかし、戦線を維持するのも限界だ。

そろそろ到着するはずなのだが、とハドリーが祈る気持ちで天を仰いだ時だった。

血生臭い戦場とは対照的な、澄んだ青空に一点の影。それはだんだんと大きくなっていき――ドラゴンの輪郭《りんかく》となって接近してくる。

「あいつら……やってくれたな！」

銀色の鱗を持った巨大なドラゴンが、ハドリーたちの前に舞い降りた。その頭には、二人の男女の姿が。

「ソータ！　ブリギッテ！」

名前を呼ばれた二人の男女――颯太とブリギッテは、ハドリーに叫ぶ。

「あとは俺たちとこのメアンガルドに任せてください！」

「この子が敵を一掃します！」

二人の声を聞き届けたハドリーは、即座に「今すぐここを離れるぞ！」と撤退を指示。兵士たちは復活した銀竜にあとを託し、負傷者をフォローしながら後方へと退却していった。

迫りくるオークとゴブリンに、メアンガルドは嘲笑《ちょうしょう》を浮かべる。

「醜き魔物共め……ここから先は一歩も通さんぞ」

銀竜は大きく口を開けると、そこから白い霧を放出した。

強烈な冷気を含んだその吐息がオークたちを包むと、魔物たちは一瞬にして氷のオブジェと化してしまった。魔物たちだけでなく、木も岩も、冷気を浴びた物はすべて凍りついている。辺り一面が銀世界となった。

これが銀竜の持つ力。

まさに「瞬間冷凍」という言葉がピタリと当てはまる。

「あの吐息は液体窒素みたいなモンか……」

初めてオークやゴブリンといった魔物を目の当たりにした颯太は、その禍々《まがまが》しい外見に思わず肌が粟立《あわだ》ったが、強大な氷の力を有するメアンガルドは一息で魔物たちを全滅させた。

たった一匹で戦局を覆《くつがえ》せる存在。

各国が手元に置いておきたくなるのも頷ける。敗走寸前だった竜騎士団が、土壇場《どたんば》での大逆転勝利を飾れたのも、メアンガルドのおかげだ。

「片づけたぞ」

満足したとばかりにフンと鼻を鳴らして報告するメアンガルド。その足元に、ハルヴァ竜騎士団の兵士たちが集まってくる。

「よくやってくれた！」

「おまえのおかげで被害もなく魔物を退けることができたんだ！」

「これからも頼りにしているぞ！」

大歓声に迎えられたメアンガルドは慣れない状況に戸惑っているようで、首を左右に振ったり、兵士を踏んづけないよう足元に気を遣ったりと忙《せわ》しない。

あたふたしているメアンガルドの角を撫でながら、颯太はその大活躍を讃《たた》える。

「よかったな、メアンガルド」

「……ふっ、悪くない気分だ」

それに、メアンガルドも笑顔で答えるのだった。

こうして、魔物の襲撃は「被害なし」というもっとも理想とする終わりを迎えた。

その結果をもたらしたのは他ならぬ銀竜メアンガルドとその説得にあたった颯太、そして、メアンガルドを治療した竜医のブリギッテ。二人と一匹は、甚大《じんだい》な被害が予想された近隣の村へ事態が終息したことをハドリーたちと共に報告すると、村人たちから嵐のような感謝を受けた。

メアンガルドがまったく恐れる様子を見せない村人たちに困惑していたところ、子どもたちから「ドラゴンさん、ありがとう!」と笑顔を向けられる。メアンガルドはマリアのことを思い出したのか、少しだけ悲しい顔を見せたが、すぐにつられるように微笑んだ。

一方で、颯太も代わる代わる頭を下げて感謝を述べてくる村人たちへの対応に困っていた。中には涙を流して喜ぶ者もいる。それほど、この世界の人々にとって魔物は脅威であり、それを打ち破った颯太とメアンガルドに感謝しているのだろう。

その後、分団長であるハドリーは村へ残る予定だったが、ようやく合流した別分団に事後処理を任せられそうだということで、メアンガルドの件も含めた戦況報告のため、颯太たちと一緒に帰還することとなった。

颯太とハドリーは馬車へ、ブリギッテはメアンガルドの体調を考慮してその背中に乗り、それぞれ異なる手段で王都を目指す。

「どうにも、オークの巨体には慣れんな」

馬車が動きだすと、ハドリーは開口一番にそう言った。

その鍛え抜かれた鋼の肉体の至るところに、痛々しい傷がつけられていた。颯太が洞窟内で負った傷も決して軽傷なわけではないが、比べるとどうしても軽く見えてしまう。

その傷のひとつひとつが、戦士としての勲章《くんしょう》になるのだろう。

颯太はハドリーにフォローを入れる。

「それでも魔物たちへ臆することなく立ち向かっていたじゃないですか」

「虚勢だよ。内心は踏み潰されるかもしれないとビクついていたんだ――おっと、この話は他の兵士たちには内緒にしてくれよ？」

勇敢に魔物と戦ったハドリーも、恐怖に染まりかけ、折れそうになっていた心を必死に奮い立たせていたのだ。

「まあでも、この仕事は俺が好きで選んだ道だからな。弱音ばかりも言っていられん。分団長としてみんなを引っ張っていかなくちゃいけない立場でもあるわけだし」

「竜騎士に憧れていたんですか？」

「ガキの頃からな。ただ、昔の俺は病弱で、しょっちゅう体調を崩して寝込んでばかりだった」

「……今からだと想像できませんね」

丸太のように太い腕と、はちきれんばかりの胸筋。そうした肉体美を誇る今のハドリーがそんなことを言っても、冗談にしか聞こえない。

「当時のハルヴァは今よりも竜人族の数が多くてな。竜人族とパートナーを組む竜騎士はそりゃもう英雄中の英雄として長らく語り継がれた。彼らが戦果を挙げるたびに、王都では凱旋《がいせん》パレードをやって、俺はベッドで横になりながら、窓の外で人々に讃えられる竜騎士と竜人族を眺めていたんだ」

在《あ》りし日の自分を瞼の裏に描き出すハドリーはため息を吐き、懐かしむように語りだす。

「それからは毎日修業漬けよ。竜騎士養成のための修練場に入り浸って剣の腕を磨いた。最初のうちは何度やっても誰にも勝てなくていっつもドベで、みんなに笑われたものさ。おまえみたいなヤツが竜騎士になれるものかってな」

「……でも、あきらめなかったんですよね」

「なりたかったからな。竜騎士に」

なりたいから頑張る。シンプルにしてこれ以上モチベーションを上げる理由はないだろう。

「あきらめずに続ければ必ず夢は叶う――とはいかないかもしれない。どれだけ努力を積んでも、それが報われる日がいつ訪れるかなんて誰にもわからないからな……ただ、あきらめてしまったら何もかもそこで終わりだ。先が見えないのは不安かもしれないが、立ち止まらずに進んだ者にだけ、ゴールはやってくる。俺はそう信じている。昔も、これからも」

壮絶な修業を乗り越えて、今の地位まで上り詰めたハドリーの言葉には、何よりも説得力があった。颯太も、そういう「絶対になりたいモノ」を見つけられていたら、もっと違った未来があったのかもしれない。

――しかし、今の颯太には「絶対になりたいモノ」が生まれつつあった。

人から感謝されることの喜びと、誰かを守ったという達成感。

今まで颯太が取ってきた行動の多くは、自分自身のためだけのものだった。しかし、銀竜を説得して小さな村を救ったというこれまでにない経験が、颯太の中でどんどん形を変えていったのだ。

「……ハドリーさん」

「あん？」

「俺……商人を辞めて、ドラゴンに携わる仕事をやろうと思います」

商人――というより、一応、今現在の職業であるサラリーマンを辞める。それ自体は、この世界に来る前から決意していたし、今さらあの仕事に未練なんてない。ただ、そのあとはどうやって暮らしていこうかという点については、長らく不透明であった。

資格を取るために勉強するか、あるいは専門学校へ行くか。それともまた就活を始めるのか。

さまざまな道を模索している途中、颯太はこの世界へとやってきた。そして、竜の言霊によってドラゴンと会話できるという希有《けう》な能力を得たのだ。

この力を生かして、自分がこの世界でできることはなんだろうか。

そう考えた時、さっきの――ドラゴンに携わる仕事が脳裏に浮かんだ。漠然としていて、要領を得ない内容だが、給料と福利厚生と勤務地ばかり気にして選んだ仕事と比べたら、遥かにやりがいを感じられる気がする。

「ドラゴンに携わる仕事ねぇ……いいじゃないか。俺は賛成だ。で、働き口の当てはあるのか？」

「まだ、特には……これから探すつもりです」

「そうか――ちょうどいいタイミングというか、ドラゴンに深く関わる仕事で求人を募集しているところがあるんだが……おまえにその気があるなら紹介してやるぞ？」

「ほ、本当ですか！」

「ああ。どうだ？　即決しなくても、一度仕事を見学してから決めればいい」

「是非お願いします！」

願ってもない提案に、颯太はすぐさま返事をする。転職サイトやＷｅｂエントリーなんて存在しないだろうから、職探しは元いた世界より難航するだろうと腹を括っていたが、銀竜の一件で、颯太は想像以上に強力なコネクションを手に入れていたことを実感した。

「そうと決まれば目的地変更だ。進路を東へ」

「はっ！」

御者はハドリーの指示に従って馬車の方向を変えた。

「いいんですか？　報告は？」

「どうせ今日中には無理だからな。颯太、メアンガルドにも目的地変更を伝えてくれ。ついでにあいつの紹介も済ませてしまおう」

「は、はい」

颯太は馬車の窓から身を乗り出し、ちょうど真上を飛んでいるメアンガルドにありったけの大声で進路を東へ変えるよう伝える。

こうして、突発的に始まった颯太の新たな職探しのため、一行は東へと針路を変えたのだった。

◆　◆　◆

夕日が緩やかに主役の座を月へと譲る時間帯。

黒とオレンジの間を漂うような色合いをした空の下、馬車はゴール地点へと到達した。

「よし、到着だ。ここがおまえの新しい仕事場になるところだぞ」

「いや……ここって」

颯太の新たな職場の最有力候補――それはリンスウッド・ファームであった。

広大な敷地にポツンと佇む一軒家。そこに住む金髪碧眼《きんぱつへきがん》の少女が、外の気配に気づいて家から飛び出してくる。

「ソータさん！」

キャロル・リンスウッドは驚きと喜びが入り混じったような、なんとも複雑な表情で颯太たちの方へ走ってきた。

簡単な書置きを残しただけで外出したため、心配していたようだ。しかし、それも最初のみ。すぐに、上空から降り立った一匹のドラゴンに関心のすべてが奪われる。

「ぎ、銀色の竜……」

「竜人族のメアンガルドって言うんだ」

「りゅ、竜人族！」

ドラゴン育成牧場関係者だけあって、竜人族の凄さは承知しているらしく、大きな目をさらに大きくしてメアンガルドを見上げるキャロル。

「それでハドリーさん、どうしてここに？」

颯太がたずねると、ハドリーはニヤリと笑って答える。

「俺の言った職場ってのはここなんだよ」

新しい職場がリンスウッド・ファームとは。つまり、それは……

「お、俺がリンスウッド・ファームで働くってことですか？」

「最高の環境だろ？　おまえにはここのオーナーをやってもらいたい」

「お、オーナー？　それって、この牧場の？　でも、キャロルがいるじゃないですか！」

うろたえる颯太に、ハドリーが説明を始める。

「たしかに、あの子のドラゴンに対する深い愛情はハルヴァ一だろう。だが、キャロルは良くも悪くもまだまだ若い。竜騎士団へドラゴンを供給する王国公認の牧場となると、オーナー会議への出席や新しいドラゴンの迎え入れなど、やることが多くなるうえにいろいろと面倒な関わりも増えてくる。そういうのはやっぱり大人がやった方がスムーズにことが運ぶだろ？」

「そ、それは……」

「キャロルも、牧場の仕事に集中できるよう、代理でオーナー職をしてくれる人がいればいいと前々から言っていたからな。おまえなら、俺も安心して任せられる」

周りはきっと、ベテランのオーナーばかりだろう。そこに十五歳のキャロルが入っていっても太刀打ちできない可能性が高い。そうなれば牧場存続は夢のまた夢。

「俺としては、またおまえと一緒に仕事をしたいって理由もあるんだがな」

「ハドリーさん……」

また一緒に仕事がしたい。

それは、サラリーマンが取引先から言われたい一番のセリフだ。しかし、本当に自分なんかがオーナーなんて大役を任されて大丈夫なのか。

不安を覚えていると、ブリギッテが背中を押した。

「私は賛成ね。銀竜を洞窟から引っ張り出したのはあなたの功績よ。ドラゴンと会話できるなんて、他のオーナーにはない強みになるわ」

「我も同じく賛成だ」

ブリギッテの他にも意外な援軍が。まさかのメアンガルドからの後押しだった。

「おまえがこの牧場にいるのなら、我も安心してここへ入れるのだがな」

「メアンガルド……」

颯太としても、満更ではなかった。ここは、ドラゴンと話せるという能力を存分に発揮できる職場だ。この牧場でなら、きっと生涯をかけて仕事ができる。

最後の一押しとばかりに、ハドリーはキャロルの肩を叩いて意見をたずねる。

「キャロルだって、ソータにいてほしいだろ？」

「わ、私は……で、でも、ソータさんにはここよりもいい職場があるかもしれないし……」

「本当にそれでいいの？」

ブリギッテにも背中を押されたキャロルは、モジモジしながら両手の指と指を絡ませた。

「あ、あの、ソータさん！」

深呼吸を挟んでから、そっと右手を差し出す。

「ここで――一緒に働きませんか？」

嘘偽りのない、本心からの言葉と行動だった。

それに対して颯太は――

「俺は……」

結論は出ているのに、言葉が詰まった。

人から必要とされること。

人のために何かをしたいと思うこと。

生まれて初めて芽生えた感情の処理に困って、その結果が涙となって瞳を潤《うるお》わせる。

その涙をグッとこらえてキャロルの右手を握る。華奢《きゃしゃ》で色白だが、力強い手だ。

その行為が示す意味はただひとつ。

「俺はキャロルと一緒に、リンスウッド・ファームで働きたいと思う――いいかな？」

「はい！」

颯太は生まれて初めて、本当の意味で、進むべき道を自ら選択した。

リンスウッド・ファームの新オーナー誕生の瞬間であった。

◆　◆　◆

颯太がオーナーに就任して最初の夜が明けた。

「う～ん」

まだ外は薄暗く、白い霧が広い牧場内を覆っていた。今までなら、まだ寝ているだろう時間に起床したが、目は冴《さ》えており、頭もスッキリしている。

オーナーとして迎える最初の一日の目覚めとしては上出来だ。それだけ、意欲に燃えているということでもあるのだから。

「さあ、今日から張り切って仕事をするぞ！」

勢いよくベッドから飛び起きると……

「う、うん……」

なぜか、自分以外の声がする。昨日、ベッドには一人で入ったはずだ。

「えっ？」

声を発した者の正体を知るべく、ベッドへ視線を移した颯太は絶句した。

なぜなら、そこに素っ裸で寝ている幼女がいたからだ。

オーナー就任初日でまさかの不祥事《ふしょうじ》。

それも、こんな年端《としは》もいかない幼女と——

「……何をしたんだ？」

思い出せない。

というより、そんな記憶なんてきっと最初から存在しない。そもそも、こんな外見十歳前後の女の子をどうこうしようなんて特殊性癖自体、持ち合わせてなどいない。それなのに、どう考えたって事案発生の構図だった。

「すぅ、すぅ」

穏やかな寝息を立てて、さっきまで颯太が体を横たえていた場所のすぐ隣で寝ている女の子は、どの角度から見ても幻なんかじゃなかった。

サラサラの銀髪は腰まで伸びており、滑《なめ》らかで透明感のある肌はまるで高級な陶器のようだ。

じっくりと少女を見た結果——やっぱり知らない子だという結論に行きつく。

「だ、誰なんだ？　……って、これは……」

颯太は少女の頭にある決定的な物を発見をする。

全体像を眺めているだけなら普通の少女だが、その部分だけ明らかに人間離れしていたのだ。

両耳の少し上に、雄の羊角を連想させる見覚えある突起物。おまけに臀部《でんぶ》からは小さな尻尾らしきものが、寝息に合わせてゆったりと上下運動している。

「ま、まさか……」

疑惑は膨らみ、やがてひとつのワードが颯太の脳内に閃《ひらめ》く。

竜人族――か。

ドラゴンでありながら、他のドラゴンとは違う。あらゆるステータスが抜きん出た特殊タイプで、何より人間の姿へ変身できる。

この牧場に最近加わった竜人族を颯太は知っている。その名は――

「め、メアンガルドなのか？」

銀竜メアンガルド。ヤツしかいない。

この子は――メアンガルドの人間形態に違いない。

「おい、起きろ」

なるべくメアンガルド（少女形態）の体を見ないように、颯太は繰り返し体を揺すって目を覚まさせようとする。

しばらくすると、メアンガルドは「ふぁ～」と気の抜けた声を発しながら、上体だけを起こした。

「おはよう、ソータ」

寝ぼけまなこを擦《こす》って、礼儀正しく朝のあいさつ。

「……メアンガルドだよな？」

「ん？　そうだが？」

首をカクンと傾けるメアンガルド。何を今さらといった感じの反応だが、颯太からすれば何もかもが予想外の出来事すぎて脳がメルトダウン寸前だった。何より一番衝撃的な事実だったのが……

「おまえ……女の子だったのか……」

「雄だと言った覚えはないが？」

それはそうだが、あの貫禄満点な喋り方から、この幼く愛らしい容姿を結びつけるのは至難の業《わざ》と言える。颯太は、メアンガルドが人間の姿に変身したら、五十代くらいのおじさんになるんだろうなと思っていたので、ある意味裏切られた気分だ。

「それで、どうして俺のベッドに？」

「前々から、このベッドとやらで寝てみたいと思っていたのだ」

「そうだったのか。じゃあ、その念願が叶った感想は？」

「最高だな！」

再びベッドへ横になってご満悦のメアンガルド。喋り方はどこかおっさんっぽいが、行動は外見年齢相応に無邪気で幼い。

「俺は牧場の仕事をするから行くけど、おまえはもう少し寝ていていいぞ？」

「何を言う。我の世話でもあるのだろう？」

指摘されて、「ああ、そうか」と納得してしまった。幼い少女の姿をした竜人族とはいえ、メアンガルドも立派なドラゴン。氷を操る力を持つ銀竜なのだ。となれば、お世話をするのは必然である。

だが、今の姿のメアンガルドに言われると――

「育成というより子育てだな」

「そうだよな――って、い、イリウス！」

いつの間に来たのか、窓の外にはニヤついているイリウスが。

イリウスは冗談っぽく言う。

「やってのけたな、この色男め」

「ど、どういう意味だよ」

「お嬢だけでなく竜人族の幼女にまで手を出すとは」

「おまえなぁ……」

「冗談だって。そう睨むなよ。しかしまあ、そうやって並んでいると親子にしか見えねぇな」

「親子か」

現在、颯太は三十四歳。メアンガルドくらいの子どもならいても不思議ではない年齢だ。

「おっと、そろそろお嬢が出てくる時間だな。また竜舎からこっそり抜け出したのがばれて怒られるのはごめんだから、ここらでトンズラするぜ」

「おまえ……何しに来たんだよ」

「メアンガルドがおまえのことを大層気に入っているようなんで、一緒に寝てあげたらきっと喜ぶぞと助言してやったんだ。んで、その成果をチェックしに来たってわけよ」

「おまえが原因か！」

どうりでおかしいと思った。

無垢《むく》な少女（ドラゴン）を騙《だま》した諸悪の根源を追っ払って、着替えようと服に手をかけるが、メアンガルドがガン見していたので中止。

「……あのな、見られたままだと着替えにくいんだけど」

「なぜだ？」

どうやら本当にわからないようだ。まだ小さいとはいえ、やはり女の子に着替えを凝視されるというのは気分がよろしくない。これが本当の親子であればそれほど気にはならないのだろうが……

「さすがにまだ子持ちっていうのは……」

「ん？　なんだ？　我の顔に何かついているか？」

颯太にジロジロ見られ、キョトンとするメアンガルド。ドラゴンの姿ならまだしも、今の人間の姿では何かと問題が多い。本人には遠回しにそれとなく伝えて、ドラゴンの姿を維持してもらおう。

「ソータさん、起きていますか？」

颯太がそう考えていたら、コンコン、と二回ノックを挟んでから、キャロルが入室する。すでに起きているはずなのに、颯太が部屋から出てこないので、様子を見に来たようだ。

そんなキャロルが目の当たりにしたのは――颯太と、ベッドにいる全裸の少女であった。

犯罪の匂いしかしないこのシチュエーションに、さすがのキャロルも驚きを隠せないでいたが、すぐにその少女の正体に気づいてホッと胸を撫で下ろす。

「その子……もしかしてメアンガルドですか？」

「あ、ああ、そうだよ」

「よかったぁ。ソータさんがどこかから攫《さら》ってきたのかと」

「そんなことしないっての！」

キャロルが冷静に状況を把握してくれたおかげで大事には至らなかったが、場合によっては問答無用で騎士団へ通報されてもおかしくなかった。

「こんなに可愛らしかったなんて意外ですね」

メアンガルドは頭を撫でられて気持ちよさそうに目を細める。こうして眺めていると、仲の良い美人姉妹っぽい。

「私、ずっと妹が欲しかったんですよ～」

「む、むぅ……」

撫で回すキャロルに、最初こそ受け入れていたが、徐々に嫌そうな顔になっていくメアンガルド。

頭を少し撫でるくらいならまだしも、過剰なスキンシップはお気に召さないようだ。

「これからはメアちゃんと呼びましょう♪」

そんなことはお構いなしに、キャロルはメアンガルド――メアを全力で可愛がっている。さすがにそろそろ助け舟を出してやらないと、ストレスでメアが体調を崩してしまうかもしれないと思い、颯太はキャロルの肩に手をかける。

「その辺にしておこう。あと、メアに着せてあげる服ってあるか？」

「私のお古があったはずですけど……そうだ！　せっかくですし、朝のお仕事が一段落したら王都へ洋服を買いに行きましょう！　ソータさんの分も合わせて！」

「王都へ？　でも、俺はお金を持ってなくて……あ」

お金について、颯太はあることを思い出す。オーナー就任が決定したあと、ハドリーから報酬を受け取っていたのだ。報酬目当てで戦ったわけではないので、すっかり颯太の頭から抜け落ちていたのだが、そのお金があれば服を買えるかもしれない。

「……じゃあ、そうしようか」

颯太としても、ハルヴァの王都は一度この目で見てみたいと思っていたし、いい加減、ボロボロになったカッターシャツとズボンを捨てて新しい服を購入したいので、その提案には大賛成だった。

あとは肝心のメアだが……

「王都か……」

メアはそうつぶやき、颯太の上着の裾を強く握って目を伏せた。

どうも、あまり乗り気な感じではない。つい先日まで、酷い人間不信になっていたメアにとって、大勢の人で賑《にぎ》わう王都は敬遠したい場所のようだ。

「メア、王都へは行きたくないか？」

「……人混みは、まだ少し怖い。ただ、キャロルの気持ちは素直に嬉しい。それに、我もどんな服があるのか、少し興味がある」

メアは葛藤《かっとう》しているようだ。牧場オーナーとして、悩めるドラゴンの心を救ってあげたいと思う颯太は、メアに助け舟を出す。

「俺が一緒にいてあげるから、洋服を見に行こう。おまえをいじめるようなヤツは俺がこらしめてやるから」

「べ、別にいじめられるのが怖いわけではないぞ！」

幼女姿のせいか、あれだけ威厳と迫力に満ちていた銀竜メアンガルドの言葉が、なんだか可愛らしい強がりに感じてしまう。ドラゴンの姿のままなら、食い殺されるかもしれないという恐怖心が湧き上がってくるというのに。

「ソータさん……ひょっとして、メアちゃんは王都へ行きたくないって？」

キャロルはメアの言葉を理解できない。だが彼女は、その表情から、メアがなんとなく王都へ行くことに対して抵抗感があるのだと察した。

そして、凄まじくがっかりしたオーラを漂わせるキャロル。メアは好奇心と恐怖の狭間で揺れ動いていたが、キャロルの隠し切れない落ち込みぶりを見せつけられて、ついに決心する。

「わかった。王都へ行こう」

「メア……いいのか？」

「人混みは苦手だが……洋服が気になるし、何より、あんなキャロルの顔を見せられたら……それに——ソータが守ってくれるのだろう？」

「おう！　任せとけ！」

薄っぺらい胸板をドンと叩いて、颯太はメアの言葉を受け止めた。王都の人間たちから好奇の目を向けられることとなっても、この子は絶対に守ってみせる、と颯太は己自身に誓いを立てる。

しかし、こうなるとますます、本当に父親になった気分だな、と思う颯太なのだった。

◆　◆　◆

ハルヴァのほぼ中心地に位置する王都は、朝から喧騒に包まれていた。特に商業区である南端部は、各地の特産物を販売するためにはるばる遠征してくる行商たちで、朝から盛大に賑わっている。

「こんなに人が多いとは……」

仕事で何度も通った駅前のスクランブル交差点も、行くたびに胸やけしそうなほどの人波だったが、ここはそれに輪をかけて人が多い。だが、行き交う人々は見慣れていた日本人の風貌とは程遠かった。同じ人間というのはわかるが、髪や瞳の色が違ったり、服装もまったく異なっている。それに、エルフや獣人族といった亜人も大勢いた。

立ち並ぶ家々は赤茶色い煉瓦《れんが》造りで、コンクリートの建物はひとつとして存在していない。キャロルと初めて出会ったルトアの町も似たような構造だったが、さすがに王都というだけあってすべてがスケールアップしている。

「あっちにオススメのお店があるので行きましょう！」

メアの手を引き、キャロルが意気揚々と駆けだそうとした時、聞き覚えのある声に呼び止められる。

「ソータ！　ちょうどいいところに来た！」

声の正体はスキンヘッドの偉丈夫《いじょうぶ》──ハドリー・リンスウッドだった。

「ハドリーさん？　どうかしたんですか？」

「いや、ちょうど今から牧場へ行こうと思っていたんだよ──おまえに用事でな」

「俺に、ですか？」

「そうなんだ。込み入った話なんでどこか別の場所で話したいんだが……うん？」

ハドリーの目に留まったのは一人の少女。人間形態のメアだ。

「この子は？」

「銀竜メアンガルドですよ」

「今はメアちゃんって呼んでいます♪」

颯太とキャロルが紹介すると、ハドリーは軽く頷く。

「メアンガルド？　ああ、言われてみれば、角の形状とか、なんとなく面影があるな」

ハドリーはすぐに信じないだろうと思っていたら、割とあっさり目のリアクション。

「ず、随分と反応が淡泊ですね。あの威厳ある喋り方をしていたメアンガルドの人間形態が、こんな可愛らしい女の子だったっていうのに」

「そうか？　まあ、竜人族が女の子になるっていうのは常識だからな」

「えっ！　そうなんですか？」

「当たり前だろ」

「俺には衝撃的事実なんですけど！」

どうやら人間形態が少女というのはメアだけでなく、すべての竜人族に共通するものらしい。そういえばキャロルもあっさり納得してたな、と颯太は今さらながら思い返す。

ハドリーがキャロルに話しかける。

「さて、話を戻すが……ちょっとソータを借りたい」

「大丈夫ですよ」

キャロルは竜騎士団の分団長であるハドリーのお願いが、いかに重要であるか重々承知しているので、すぐに快諾した。

少し申し訳なさそうな顔になるハドリー。

「すまないな、せっかくの買い出しだっていうのに」

「ハドリー叔父さんの頼みなら、とても大切な用のはずですから」

「本当におまえは偉い子だよ。俺たちはこの先のサウアーズ竜医院にいるから、何かあったらそこへ来てくれ」

二人に悪いと思いながらもそれだけを言い残し、ハドリーは半ば強引に颯太を連れ出した。

颯太は面食らったようにハドリーにたずねる。

「一体何があったんですか？」

「オーナー就任のことでちょっと問題が発生したんだ」

「問題って？」

「ここじゃ人が多い。詳しいことはサウアーズ竜医院で話す」

「は、はあ……サウアーズ？」

どこかで聞いたことのある名前だ。思い出そうとしているうちに、目的地らしい建物に着いた。

「邪魔するぞ。少し込み入った話をするから場所を貸してくれ」

建物に入るなり、ハドリーがそう言った。

「……うちの病院を酒場か何かと勘違いしていませんか？」

すると、膨れっ面のブリギッテ・サウアーズが奥から現れて、ハドリーに抗議する。

ブリギッテに案内されながら、ハドリーから説明を受ける颯太。彼が強引に連れてこられたこのサウアーズ竜医院は、ブリギッテが院長を務めるドラゴン専門の病院だった。常連客はもっぱら竜騎士団のドラゴンばかりだが、たまにメアンガルドの件のように、国内で起きたドラゴン絡みの事件に携わることもあるとのこと。

客間へと通された颯太とハドリー。そこで颯太は、ハドリーから用件を聞く。

「今朝、王国議会の席でリンスウッド・ファームの新しいオーナーとして、おまえを推薦したんだ。俺以外にも、多くの兵士たちや守られた村の村長なんかがプッシュしてくれたおかげで、ほとんど異論は出ず、すんなり決まるはずだった――が」

「が？」

「たった一人だけ……異を唱えた者がいた。その男の名はアーロム・ブロドリック」

「アーロム・ブロドリックですって？」

ちょうど二人分の飲み物を持ってきたブリギッテが、声を荒らげる。その様子からも、そのブロドリックなる人物が一筋縄ではいかぬ人物だというのが伝わった。

「だ、誰なんですか……その、ブロドリックって人は」

「この国の国防大臣――つまり、俺たち竜騎士団の親玉だ」

「こ、国防大臣……⁉」

大臣という肩書は颯太のいた世界にもある。その役割は省庁によって異なるが、そのトップに君臨するのが大臣と呼ばれる役職だ。

その大臣の中でも国防大臣——国の安全に関わる最高権力者が、颯太のリンスウッド・ファーム新オーナー就任に待ったをかけたというのだ。

「大臣はタカミネ・ソータの人間性を知りたいらしく、おまえとの面談を強く希望している」

「め、面談……」

「おまえがオーナーに相応《ふさわ》しいかどうか、話をしてみたいそうだ。オーナー就任の最終決定権は国防大臣が握っているわけだし、当然の判断と言えるな」

つまりそれは、颯太が最も苦手としている試験——面接だ。

とはいえ、ブロドリックがそうしたいと願い出るのは必然の流れと言える。国家の存続に直接関わると言っても過言ではないドラゴン育成牧場のオーナーに、得体の知れない人物を置くなんて普通はあり得ないだろう。大臣自らが相応しい人間であるか見定めるのは、むしろ健全な管理が行われている証拠でもある。

「それにしても……面談か……」

よみがえるかつての記憶。しかめっ面の面接官たちによる容赦のない質問の雨。思い出すだけで、胸の奥が苦しくなってくる。

『君、大学時代は部活にもサークルにも所属していないんだね。人付き合いとかできるの？　それじゃあどこの会社を受けても内定なんてもらえないよ？』

『バイト経験なし？　お金を稼ぐってだけじゃなくてさぁ、社会へ出る前に予行演習ぐらいしてみようとか思わなかったの？』

数々の嘲《あざけ》りは人の価値を見極めるというより、単にストレスを発散しているだけにしか見えなかった。

ただ、面接官の指摘はその通りでもある。

コミュ障の颯太にとって、大学生活はハードモードと言えた。

サークルに入る気はあったが、入学から一週間もすれば、すでに簡単なコミュニティが出来上がっていたので、そこに参戦していくにはあまりに颯太は口下手すぎた。

バイトや趣味も、やりたいものを見つけられず、そのままズルズルと四年が経過したのだ。

それでも、単位を落とさず、真面目にやってきたつもりだ。しかし、単に「やってきた」だけでは誰も認めてはくれない。

どうしてこんな思いをしなくてはいけないのか、と涙を流したこともある。

ただ、こういう辛い思いをしなければ生きていけないのが現代社会なんだ。社会人になるって——大人になるって、そういうことなんだ。

そうやって、自分を納得させ続けた。

最終的には仕事を辞めることにしたのだが……

ともかくそんなわけで、颯太としてはその面談とやらは断固拒否したいところではある。しかし、相手の立場からしてもう逃げ場はないようだ。

せっかく見つけた、異世界での居場所。ここは立ち向かわなくてはならない正念場である。

「わかりました。それで、その面談はいつですか？」

「明日の夕刻頃を予定している」

「あ、明日ですか！」

いくらなんでも急すぎる。アポイントはもっと前に取っておくべきだ。

だが、そんな虚《むな》しい抗議は心の中にしまって、とにかく今やれる面談対策を実施しなければ。

「面談の内容ってどんなものなんですか？」

「さあ？」

面談対策終了。

「な、何を聞かれるとか、そういう情報はないんですか？」

「話をするのはブロドリック大臣だからな。あの人が何を質問するかなんて、俺にはわからんよ」

ハドリーの言う通りではある。

企業面接のように、志望動機だとか自己ＰＲだとか、そんな型にはまったものではなくて、純粋に自分が聞きたいことを聞くという形式らしい。

面談内容が事前にある程度把握できていれば、少しは緊張せずに挑めると思っていたのだが、まさかぶっつけ本番になるとは。

「面談の内容を心配するより、まずは身なりを整えた方がいいんじゃないかしら」

ブリギッテが口を挟んでくる。たしかに格好は、相手に好印象を与える上で重要な要素となる。スーツの新調はもとより、ネクタイなどの細かな部分にも気を配りたい。

「この近くにスーツの専門店ってありますか？」

「スーツ？　んなモンないぞ？　大体、スーツってなんだよ」

「面談の際に着用する正装――のはずですけど」

「ああ、スーツって服のことか。着ていく物に関してはブリギッテに相談に乗ってもらえ」

まさか自分に白羽の矢が立つとは微塵も予想していなかったブリギッテは、飲んでいたお茶を噴き出しそうになるのをなんとかこらえた。

「待ってください。私、まだ仕事があるんですけど？」

「どうせ今日の診療はもうないだろ？」

「そんなの、わからないじゃないですか」

「ほれ、ここは一人の善良な若者を助けると思って、力を貸してやってくれよ」

拒否権はないらしい。颯太としてもブリギッテに迷惑をかけたくないので、断ろうとしたが……

「……まあ、竜騎士団とのこれからの付き合いを考慮した場合、今のうちに恩を売っておくのも悪くないわね。いざとなったらそれをネタに……」

と、ブリギッテは悪代官みたいな顔で何やらブツブツとつぶやいていた。不穏な空気を感じ取った颯太は、さっきまでとは別の理由で断りを入れようとするが、時すでに遅し。

「そうまで頼まれたのでは、やるしかないですね」

「おおっ！　引き受けてくれるか！　じゃあ、俺は仕事があるから、あとのことは頼むぞ！」

「任せてください」

「頼もしいな。おっと、それからこれは軍資金だ。これでバッチリいい男に仕上げてくれ」

ハドリーがテーブルの上に、小さいくせにやたらと重量感のある革袋をドカンと置く。

颯太とブリギッテが中身を確認すると、大量の金貨と銀貨が入っていた。この世界の貨幣事情は把握できていないが、「随分と太っ腹ですね」というブリギッテの反応から、少額ではなさそうだ。

「それは昨日の一件での颯太の報酬だ」

「え？　でも昨日、いただきましたよ？」

「そいつは銀竜説得の成功報酬で、こっちは村を守ったことへの謝礼だ。村長がわざわざ持ってきてくれたんだよ」

「村長が……」

ジーンと胸が熱くなってくる。そこまで感謝してもらえていたなんて。

「それと、メアンガルドにも何か買ってやれ。竜人族のあいつは服なんか持っちゃいないだろうからな。じゃあ、明日になったら牧場へ迎えに行くよ」

忙しい中、時間を作ってきてくれたのだろう。ハドリーは忙しなくサウアーズ竜医院を去って、竜騎士団の仕事へと戻っていった。

ブリギッテがお茶を飲み干し、立ち上がる。

「さあ、私たちも行きましょうか。キャロルちゃんたちと合流しましょう」

「なんか、悪いな。無理矢理お願いするみたいで」

「悔しいから反論しちゃったけど、たしかに午後からは診察の予定が入っていないの。竜騎士団への定期健診はまだ先だし……要は暇ってことなのよ。だから気にしないで」

サウアーズ竜医院の外へ出ると、ブリギッテは入口のドアに小さな看板をかけた。何か文字が書いてあるが、おそらく「本日閉院」みたいな文言だろう。

颯太とブリギッテは、竜医院のすぐ近くにある店で買い物をしていたキャロルとメアを発見する。メアはすっかりキャロルの着せ替え人形と化していたが、本人もいろんな服を試着できて満更ではない様子だった。

「どうだろうか、ソータ。似合っているか？」

メアは頬を朱に染めて、スカートの端をつまみながら上目遣いでたずねた。

颯太はその透き通るような銀髪を撫でながら、優しく答える。

「よく似合っているよ。可愛いじゃないか」

「そうか！　似合っているか！　我としては、こういったヒラヒラした服はどうなのかと不安だったが……そうか、似合っているのか。よかった」

嬉しそうにその場でターンを決めるメア。ガーリッシュファッションに身を包む彼女は、一息で周辺を凍りつかせる銀竜とはとても思えなかった。

「メアちゃん、すっごく可愛いですよね！」

「そうね。本当にこの子があの銀竜なの……？」

感想の中身は異なるが、キャロルとブリギッテにも概ね好評のようだ。

「あ、そうだ。これを――」

颯太はキャロルにハドリーから渡された追加の報酬を見せる。その額に、キャロルは「こ、こんなにですか！」と驚愕していた。

「やっぱ……結構な大金なんだな」

二人の反応から、なんだか悪い気持ちになってきた颯太だが、ブリギッテがフォローしてくる。

「あなたの将来性に期待しているからこその高額報酬なのよ。そもそも、ドラゴンと話せる人間なんて、少なくとも国内には他に誰もいないわけだしね。もらった分、しっかり働けばいいのよ」

報酬とは、つまり給料のことだ。

前にいた世界では、給料のほとんどを貯金していた。

酒やギャンブルはしないし、キャバクラだって行ったことすらない。趣味もないから外出も少なく、必要最低限の食糧と生活必需品だけを近所のコンビニやスーパーでそろえるだけ――良く言えば堅実で、悪く言うとつまらない生き方。ただ、そのおかげで預金通帳の数字は右肩上がりだった。

だから、働いたお金を自由に使うというのは、颯太にとってはこれが初めてのことだ。

「キャロル、君も好きな服を選ぶといい。買ってあげるよ」

颯太は稼いだ金を自分のためだけに使うのではなく、自分の生きる道を決めるきっかけになったキャロルのためにも使うことにした。

「え、そんな、悪いですよ」

突然の提案に驚くキャロルに、颯太はニコリと微笑んで答える。

「大丈夫だよ。キャロルにはまだまだ返しきれない大きな恩があるからな。これはその第一弾だと思って、存分に買い物を楽しんでくれ」

「じゃ、じゃあ……行こっか、メアちゃん」

キャロルはメアの手を引いてお気に入りのお店へ向かっていく。その足取りは軽やかだった。

キャロルに続いて、ブリギッテが歩きだす。

「私たちも同じ店に行くわよ」

「そこで面談用の服が買えるのか？」

「別に、面談用ってだけじゃないわ。普段から着られる服も何着か買っておきましょう。色やデザインは好みがあるでしょうから、最終的に選ぶのはあなただけどね」

これまで、色やデザインを吟味して服を買ったことなど一度もなかった。大事なのは値段と丈夫さ。安く購入できて、なおかつ長持ちする服こそが颯太の中のジャスティスだ。

だから、センスを問われても正直困ってしまう。

とはいえ、ブリギッテに何もかも頼るのは申し訳ない。

とりあえず、入った服屋で一着の服を選択し、颯太は試着をしてみる。

「うん。なかなかいいじゃない」

試着したのはフロック・コートをもっと着やすくアレンジしたような服。店の人に薦められた、鹿撃ち帽に似たデザインの帽子もセットで購入した。

「これなら第一印象は問題なしね。あとはブロドリック大臣の前でしっかり話せれば大丈夫でしょ」

背中をバシンと叩かれて、颯太はちょっと咽《むせ》てしまう。ブリギッテはサラッと言ったが、しっかり話すというのが颯太にとっては最大の難所である。

「……心配？」

颯太の異変を察知したのか、ブリギッテが顔をのぞき込んでくる。

「偉い人と話をするのは……あまり得意じゃないかな」

「難しく考えすぎなんじゃない？　ブロドリック大臣に、タカミネ・ソータという人間を知ってもらう。それだけよ」

不安を払拭《ふっしょく》してあげようと、ブリギッテは颯太の肩を揉みながらそう励ました。

しかし、心に根づいた苦手意識は、そう簡単に振り払えるものではない。

「で、でも……」

「好印象を与えようとか、気に入られようとか、そんなふうに考えちゃダメよ。下手なゴマすりは悪い印象しか与えないもの。背伸びなんてせず、あなたはあなたの姿のまま話をすればいいの。私もハドリー分団長も、キャロルちゃんや銀竜だって、そんな取り繕っていない素のあなたに好感を持っているんだから」

「ブリギッテ……」

話をしているうちに、なんだか体がスーッと軽くなった気がした。全身を縛っていた鎖《くさり》から解き放たれたようだ。

今ならなんでもできるぞ——と強気になっている。

いける。この調子ならきっと面談はうまくいく。

我ながらチョロいなぁと思いつつ、励ましてくれたブリギッテには感謝の気持ちしかない。

「ありがとう。俺……やってみるよ」

「うん。頑張んなさいよ」

ブリギッテのおかげで、国防大臣との面談は最高のコンディションで挑める。こんなヘタレな自分を応援してくれるみんなのためにも、絶対に成功させてやるぞ。

颯太の心中はやる気に満ち溢れていた。

その後、颯太はブリギッテにアドバイスをもらいながら、仕事着や日常生活用の服を二人で相談しながら決めて購入したのだった。

◆　◆　◆

翌日。

颯太が昼食を済ませて午後の仕事に取りかかろうとした矢先、牧場へ一台の馬車がやってきた。

「ソータ、迎えに来たぞ」

馬車の窓からハドリーが顔を出し、颯太を呼ぶ。

ちょうど、近くで新しい寝床用の藁を荷車に積んでいた颯太は、「いよいよか」と気を引き締め、準備をするために一度家へと戻っていった。

深く考えすぎるな、と呪文のように何度も唱えた。余計なプレッシャーを感じず、ブリギッテのアドバイス通り、いつもの自分の姿でいれば大丈夫。

「あ、迎えが来ましたか？」

台所で昼食の片づけをしていた、エプロン姿のキャロルが駆け寄ってくる。面談の話をした時には、「ソータさんならきっと大丈夫です！」と自信満々だった。

キャロルの後ろから、メアも見送りのためにやってくる。

「ソータ……頑張ってこい」

人間の励まし方など知らないメアだが、それでもなんとか絞りだした激励の言葉を贈った。

「大丈夫だ。きっと、うまくやってみせるよ——じゃあ、いってきます」

キャロルとメアに見送られ、颯太は牧場を出た。


馬車に揺られることしばらく。

昨日も訪れた王都へとやってきた。

しかし、今回は昨日と目的地が違う。

馬車は商業区をそのまま進んで、王都の最奥部にたどり着く。訪れたのは、小高い丘の上に位置するハルヴァ城であった。

「さあ、こっちだ」

馬車から下車し、厳重な警備の中、最寄りの閂《かんぬき》付きの門から城内へ。ヨーロッパの観光パンフレットに掲載されているような中世時代のお城が、現役でその役目を果たしており、城内は大勢のメイドや執事で活気に満ちていた。二次元の住人と思っていた本物のメイドや執事を目撃した颯太は、「あれが本物か」とちょっと感動する。

煉瓦や木材を随所に敷き詰めるという独特の工法で建てられたハルヴァ城は、完成から八十年以上経った今も当時の堅牢《けんろう》な姿と寸分たがわず、この地に屹立《きつりつ》している。そんなハルヴァ城は民にとって、まさに国の象徴と言えた。

肌を刺すような厳粛な雰囲気の中、颯太は大臣の執務室に案内される。

濃紺《のうこん》で派手な装飾など一切施されていない、荘厳《そうごん》な印象を受ける扉をノックして、まずはハドリーが室内へ。それからあとを追って颯太も足を踏み入れる。

そこには、ハルヴァの安全を任された国防大臣のアーロム・ブロドリックが――

「……いない？」

いなかった。

室内はもぬけの殻で、大きな窓から差し込む陽射しが、誰も座っていない執務机を照らしている。

「おかしいな。先に来ているという話だったが……ちょっと探してくるから待っていてくれ」

「わ、わかりました」

ハドリーが一旦部屋を離れる。

待機命令を受けた颯太は、室内をグルッと見回してみた。

本棚、絵画、来客用ソファにテーブル――そこは、颯太が想定した面談場所とは似ても似つかない内装だった。やはり、企業面接とは違うのだから、それほど堅苦しいものではないのかもしれない。心配は杞憂《きゆう》に終わったかと安堵のため息を漏らす。

「はい、ちょっとごめんなさいね～」

その時、ノックと同時に何者かが部屋に入ってきた。ブロドリック大臣かと体が強張った颯太であったが、現れたのは作務衣《さむえ》のような服を着た、小柄で初老の男性だった。

「おやおや、今日は珍しく若い人がおいでですな」

「あ、その、ブロドリック大臣と面談の約束がありまして……」

「ほう、そうじゃったか」

男性は話し終わると、右手に持った箒で床をはき始めた。どうやら掃除のおじさんのようだ。

思わぬ珍客で緩みかけた気持ちを引き締めるため、颯太は深呼吸をしてイメトレしようとするが……

「お若い人、何をそんなに力んでおられる」

掃除のおじさんがそれをさせてくれない。なぜか颯太は強い興味を持たれたらしく、勝手にソファへ腰を下ろした男性と会話するハメになってしまった。

「どこから来なすった？」

「ひ、東の方からです」

「仕事は何を？」

「あちこち旅をしながら物を売って生計を立てていました」

「ほっほっ、なるほどのぅ」

正直、最初はちょっと鬱陶《うっとう》しいと感じていたが、この男性との会話は本番に向けたよいシミュレーションになった。あれだけ自然体でいようと誓ったのに、やっぱり変に気負っていたらしく、男性と話すうちに緊張が消えていくのを感じたのである。

「その口ぶりじゃと商人をしていたのは過去の話のようじゃが、今は何をしておられるんかの」

「今は……まだそうと決まったわけではないですけど、ドラゴン育成牧場のオーナーに」

「ドラゴン牧場のオーナー？　それは何かと大変じゃろうて」

たしかに今朝も手伝ったが、牧場の仕事はハードワークだ。朝も早いし、何より力仕事がメインになるので、慢性的な運動不足になっていた颯太の体は筋肉痛に襲われていた。

ただ、職場環境という面では、以前の仕事場に比べると圧倒的に改善している。それだけでも不得手な体力勝負の牧場に転職した価値はあった。

掃除のおじさんは、颯太の顔を見て笑顔になる。

「その顔を見る限り、大変そうじゃがやりがいを持って勤めているようじゃな」

「はい。とても楽しいです」

「そいつは重畳《ちょうじょう》。じゃが、あまり頑張りすぎるのも毒じゃぞ」

男性は、何かを思い出すように視線を遠くに向けて続ける。

「仕事を頑張って、結果が残れば、豊かな生活が送れる。しかし、心まで豊かになるとは限らぬ。自分にとって欠かせない、本当に大切なモノがなんであるかを見失ってしまえば、あとに待つのは薄ら寒い虚無感《きょむかん》と失望感だけじゃ」

「本当に大切なモノ……」

「見落としてはならぬぞ？　なくしてから気づいたのでは遅い……ワシがそうじゃった」

「……大切なモノを失くされたんですか？」

男性は無言で頷く。

「ワシは必死に働いた。家族が路頭に迷わぬよう、真面目にひたすら真っ直ぐに働いた。そのおかげで地位と富を得た――が、その代償はあまりに大きかった。妻と息子はワシに愛想を尽かして出ていってしまったのじゃ」

男性が目を伏せた。在りし日の思い出に浸るように。

「叶うのなら、あの頃に戻りたい。そして、仕事にばかり夢中になって家庭をないがしろにしている自分自身へ説教をしてやりたい。おまえが本当に欲しかったのは地位でも富でもないだろう、と。自分を讃える人間や、眩《まばゆ》い黄金に囲まれていても、なんの感動もない。本当に大切な妻と息子の気持ちは霞《かす》んでしまうくらいずっと遠くにあるのだ、と」

「…………」

なんて声をかけたらいいのか。颯太がどれだけ頭を捻っても、ベストアンサーにはたどり着きそうもなかった。

「君はワシのようになるなよ？　仕事に熱を入れるのは大変いいことじゃが、なんのために自分が百の傷を負い、千の涙に耐え、万の汗を流しているのか……決して、見失ってはならぬ」

「はい……肝に銘《めい》じます」

颯太が力強く言うと、男性は満足したのか、これまでの悲愴感《ひそうかん》を拭い去るようにニッコリとした笑みを浮かべた。

と、そこへ、大臣を捜索していたハドリーが戻ってくる。

「おや？　もう面談は始まっていましたか」

「うむ。まあ、大体の人間性は把握したぞ」

ビックリしながら言うハドリーに、掃除のおじさんが淀《よど》みなく答える。

「……って、ちょっと待ってくださいよ。ハドリーさん今、『もう面談は始まっている』って言いませんでした？」

「間違いなくそう言ったぞ。なんせ、役者は揃っているようだからな」

役者が揃っている。それは、この大臣執務室に面談を希望していたアーロム・ブロドリックがいることを意味していた。しかし、この場には颯太と、掃除をしに来たおじさんしかいないはずだが。

「……もしかして、こちらの方が……」

恐る恐る、颯太は男性の方へ向き直る。

「言ってなかったかの？　ワシがアーロム・ブロドリックじゃ」

「え！」

颯太の人生史上最悪の事後報告だった。気がついたら面談が終了していたなんてあんまりだ。

それにしても、颯太の想像に比べると、かなりお淑《しと》やかな人物だ。見た目だけで子どもが泣いて逃げだしそうなハドリーをはじめ、この国の最高戦力と呼ぶべき竜騎士団を束ねている人物にしては、ちょっと頼りなさを感じてしまう。表に出さないだけで、その裏には底知れぬ実力を秘めているという強キャラ設定が付与されているということか。

ブロドリックが朗《ほが》らかに笑いながら言う。

「騙すつもりはなかったんじゃよ。ただ、面談なんてかしこまった中では、本来のお主の性格は出てこないだろうと思っての。こういう形を取らせてもらったんじゃ」

ハドリーがブロドリックにたずねる。

「それで、どうですか？　タカミネ・ソータという人間は？」

「君の評価通りの人物じゃったよ」

「ということは？」

「うむ。彼ならばリンスウッド・ファームのオーナーを任せても大丈夫そうじゃな。ちょっと頼りない面もあるが、前任者であるフレデリック・リンスウッドも似たような感じじゃったし、平気じゃろ――何より」

ブロドリックはもう一度颯太を見た。

「オーナーを任せられる者に必要不可欠な要素は、ドラゴンから好かれていること――彼はこれを十分に満たしておる」

颯太の目の前で、颯太を無視した、颯太の品評会が開催されている。

ハッと我に返った時にはハドリーから「よかったな、ソータ」と肩を抱かれていた。放心状態だった颯太だが、祝福されていることに気づくと、ようやく面談が無事に終わったのだと実感する。

「あ、ありがとうございます！」

「礼を言いたいのはこっちの方じゃ。フレデリックが死んでから、あの牧場の存続はワシも気にかけておったからな。そこへ、ドラゴンと会話できるというとんでもない能力を持った若者が現れた……これも運命なのじゃろう。それに、ハドリーの報告通り、真面目そうな好青年ときておる」

ブロドリック大臣は最初から颯太に対して好印象を抱いていたようだ。

「これから何かと大変じゃろうが、キャロル・リンスウッドを支えてあげてほしい。それと、お主のところにおる竜人族の……メアンガルドだったかの？　ヤツの活躍にも大いに期待しておる。帰ったら、そう伝えてくれ」

「はい。必ず」

その後、颯太はブロドリックからオーナー就任のための手続きについて説明を受けた。

といっても、オーナー就任の決定権は国防大臣に一任されているらしく、ブロドリックが正式に認めればすぐにでも業務に入れるという。一応、不定期で開催される王国議会で就任のあいさつをする必要があるというが、それも特に問題はないとのこと。

「ワシが認めれば、まず決定が覆ることはない。安心して仕事に励んでくれ。期待しておるぞ」

最後に激励の言葉を贈られるという形で、国防大臣との面談は無事終了したのだった。

「な？　心配なんてする必要なかっただろ？」

黄昏《たそがれ》色に染まる空を背景に、颯太とハドリーはハルヴァ城を出て王都を歩いていた。

ハドリーがにこやかに颯太に話しかける。

「無理していい格好なんてしなくても、真面目で誰かのために一生懸命になれる素のおまえを晒していけば、絶対に誰が相手でも気に入られるさ。もっと自信を持て」

「は、はい」

自信を持つこと。それこそ、颯太にもっとも欠けている要素であった。

貶《けな》され続けた社会人時代を振り返ると、自信を持つことさえおこがましいと感じてしまうのだが、この世界は違う。

誰もが、高峰颯太という人間を色眼鏡なく見ている。

替えの利く捨て駒ではなく、一人の人物として接している。生まれて初めて、正当に自分を評価してくれている。そう強く感じるのだ。

「けどな、本当に大変なのはこれからだぞ？　おまえにはたっぷりと働いてもらわないとな」

「望むところですよ。どんな仕事もきっちりとこなしてみせます」

「はっはっはっ！　頼もしくなったじゃないか。それでこそ俺が認めた男だ！」

豪快に笑い飛ばしたハドリーだったが、急にピタリと笑いを止めて、何やら考えごとをし始めた。

そして、颯太をジーッと見つめ……

「ソータなら……穴埋め役にピッタリか」

「ん？　なんです？　俺の顔に何かついてます？」

「いや何……ソータ、おまえ今いくつだっけ？」

「年齢ですか？　それなら三十四歳ですけど」

「三十四か……少し高い気もするが、まあ、問題ないだろ」

勝手に納得したハドリーは、颯太の両肩をガシッと力強く掴んだ。

「ソータ！　これから少し飲みにいかないか？」

「飲みに？」

「同僚の兵士も数人いるが……どうだ？」

それはつまり、飲み会への誘いということか。

前の世界でも飲み会はあったが、忘年会と新年会、それから新入社員の歓迎会以外は参加したことがない。上司や同僚から誘われることもなく、いつも仕事終わりは寄り道せず帰宅していた。

そもそもアルコールに弱いし、トーク力も絶望的にないので、行ったところで手持《ても》ち無沙汰《ぶさた》になることは火を見るより明らかだ。相手にとっても息苦しい空間になってしまうだろうから、呼ばれたとしてもすべて断るつもりでいた。

だが、ハドリーたちとの飲み会は颯太としても「参加してみたい」と意欲的である。それは、ハドリーをはじめとするこの世界の人々と良好な関係を築けているという証拠だろう。

「構いませんよ。行きましょう」

「よかった。これで人数が合う」

「ん？　人数が合うって、どういうことですか？」

なんだろう。不穏な雲行きになってきたような。

「実はな、俺の紹介で若い兵士と城のメイドが三人ずつで飲むって話になっていたんだが、あいにくと同僚の一人が急遽夜間警邏《けいら》に回ることになってしまってなぁ。しかし、おまえが加わってくれるなら問題なくなる」

「メイドさんと？　……それって」

出会いを求める若い男女数人で夜に食事——それは、現代風に言うなら……

「……合コンじゃん」

◆◆◆

異世界合コン（仮称）の会場はハルヴァ城近くの食堂であった。

建物は二階建てで、一階はテーブル席ばかりでファミレスっぽい印象を受ける。二階は個室メインになっているらしい。異世界合コンは二階で行われる予定だ。

ここは王都内で一番人気の食堂らしく、一階は人間の他に亜人も大勢訪れており、満員だった。

合流した二人の兵士――テオとルーカは両者とも純朴そうな若者だ。

合コンへの参加経験がない颯太には、合コン＝チャラいヤツらの集まり、みたいな歪《ゆが》んだ偏見があった。そのため、参加してくるのはいわゆるパリピっぽい若者なのかと身構えていた。

しかし、待ち合わせ場所として指定されていた、王都中央にある噴水の前で、テオとルーカは颯太との出会い頭に「本日はよろしくお願いします！」と二人揃って快活なあいさつをしてきた。礼儀正しくお辞儀をした姿を見て、颯太は今までの考えを改める。

彼らは一夜限りの出会いを求めているわけではなく、真剣に生涯の伴侶《はんりょ》を探すため、分団長とメイド長が企画したこの合コンに参加したのだという。

もちろん、颯太のいた世界で行われた合コンも、すべてが不純な動機で開催されているわけではないのだろうが、合コン未経験で男女関係に潔癖なところがある彼には、テレビやネットの情報でそういう悪いイメージが植えつけられていた。

だけど、と颯太は疑問を抱く。

「王国騎士団って、女性から引く手数多《あまた》な職業だと思うんですけど」

「一概にそうとも言えんぞ」

颯太の質問に対し、ハドリーは苦笑いを浮かべて言った。

公務員や医者が根強い人気を誇っているように、安定している職業は女性が結婚相手に求める条件の上位にあると思われる。王国騎士団なら、それにマッチしていると思うのだが、どうもこの世界の現実は違うようだ。

騎士団は職業柄休日も不規則だし、夜間警邏もあって生活リズムは乱れるし、何より命を落とす可能性もある危険な職業だ。英雄として讃えられる一方で、女性の中には殉職率の高い王国騎士との結婚を躊躇《ためら》う者も少なくないという。

「なるほど……そういう理由もあるんですね」

生命保険とか遺族年金とかもないだろうし、そうなると、健康で高齢になっても働けそうな男がモテるということになる。これもまた、異世界らしい風潮と言える。

「でもな、今回は王国騎士団の活躍を目の前で見ている若いメイドさんたちが相手だ。彼女たちは騎士団がどれだけ激務かよく知っている。それを承知の上で、騎士団の人とお近づきになりたいと言ってくれた子たちだ」

「こういう、メイドと騎士団による合コン——食事会は頻繁《ひんぱん》に開催されているんですか？」

「双方の都合にもよるが、定期的にやろうって話になっている。これは国の制度ってわけじゃなくて、メイド長のルーシー婆さんとガブリエル・アーフェルカンプ騎士団長が取り決めたことなんだ」

騎士団長とメイド長が率先して若者たちに出会いの場を提供している。ビッグネームが連なることで、若者たちも安心して参加できるというわけだ。

「さて、ここから先は若い者同士に任せるとしようか」

「は、ハドリーさんは来ないんですか？」

「その方がお互いじっくり話せるだろ。ほれ、さっさと行ってこい。ソータも遠慮せず、ガンガン攻めていけよ！　キャロルには帰りが遅くなると伝えておくから安心しろ！」

階段前でハドリーに激励され、颯太と兵士二名は決戦の地である二階へと上がっていく。

一階に比べると薄暗い二階は、それらしいムード満載だった。テオとルーカは緊張に顔を引きつらせて挙動不審。ハドリーの話では、二人ともまだ十九歳とのこと。こういった雰囲気の店に来るのは初めてだろう。颯太も似たようなものだが、ここは年長者として若者を引っ張っていかなくては、と謎の使命感を覚えていた。

「大丈夫か、二人とも」

「は、はい。自分、こういった店で食事をするのは初めてで……」

「ぼ、僕もです。しかも、女性と話をしながらなんて……」

二人とも、思った以上に女性への免疫がなさそうだ。

一方の颯太は、この世界へ来てからキャロル、ブリギッテ、それから（カウントに入れるかどうか微妙なところだが）メアと、女性と接する機会に恵まれていたため、以前よりは普通に話せるようになっている……気がする。

今日の合コンでは、自分はこの二人のフォローに徹するべきだと、颯太は結論を出した。

別に出会いを求めていないわけじゃない。が、あくまでも今日の自分は数合わせの存在だ。本来なら、若い兵士とメイドの三対三になるはずだったのだ。

自分がどこまでできるかわからないが、若者たちの明るい未来に貢献しようという気持ちだった。

「お？　どうやらあそこらしいな」

薄いカーテンみたいな布でテーブルの四方を仕切られており、三人の女性のシルエットが布越しに映し出されている。

「いよいよだぞ。あんまり熱を入れすぎないようにな。飾らず、普段通りの自分を見せるんだ」

「は、はい」

「了解しました」

テオとルーカは素直に颯太の指示を受け入れた。

今のはブリギッテの受け売りだが、こんなふうに誰かにアドバイスを送って、すんなりと受け入れられるという経験も初めてである。なんていうか、聞き分けの良い弟を持ったみたいだ。メアを妹だと溺愛《できあい》するキャロルの気持ちがちょっと理解できた気がする。

男性陣の覚悟も決まったところで、一声かけてからカーテンを開けて女性陣と対面する。

「は、はじめまして！」

「きょ、今日はよろしくお願いします！」

一目見るなり起立してあいさつする女性陣。普段、メイドとして誰よりも礼儀を重んじている彼女たちからすれば、その行為は自然なものなのだろうが、これから一緒に食事をする相手としては少々やりすぎ感が否めない。それだけ、向こうも緊張しているということだろうが。

と、ここで、あいさつをしたメイドが二人だと颯太は気づいた。テオとルーカとほぼ変わらない年齢のメイド二人。話では三人来ているはずだが、もう一人は——

「あ」

三人目の女性メンバーは、颯太のよく知る人物だった。

「ぶ、ブリギッテ？」

ブリギッテ・サウアーズ。

メイドではなく、竜医であるはずの彼女が、なぜかこの食事会に参加していたのである。

ブリギッテはバツが悪そうに顔を背けているが、一度バッチリ目が合ってしまっているのでその抵抗は無意味だった。

「……なんであなたが参加しているのよ」

とうとう観念して颯太に顔を向けたブリギッテ。

「いや、その……ハドリー分団長から頼まれて、さ。本当はもう一人別の兵士が来る予定だったんだけど、夜間警邏が入ったらしくて」

「そうだったのね。そういえば、あなたの年齢って聞いてなかったわね。いくつ？」

「三十四歳だけど」

「私より十二歳上か……意外ね。二十代だと思ってた」

実年齢よりも若いと言われて喜ぶべきかどうか、判断に悩む颯太だった。

「ん？　てことは……ブリギッテの年齢は――」

「それ以上は言わない。でも、本当はちょっとラッキーって思ったんじゃない？　あわよくば若い子を……とか？」

「ないって。俺はあくまでも臨時加入。あの二人のフォロー役で来ただけだよ」

「ふーん……」

ブリギッテが視線を横へずらす。つられて颯太も見てみると、若者たち四人は颯太のフォローなど必要とせず、それぞれでいい雰囲気になっていた。

「これはもう、俺の出る幕はないな……」

「そういうわけだから――はい♪」

手を差し出すブリギッテ。

「注いであげるからコップ貸して」

「あ、ああ、ありがとう」

コップにお酒と思われるピンク色の液体を注がれる。果実酒のようだが、その味は――

「おっ、結構イケる」

「でしょ？」

アルコールは強くなく、果実の甘味がまろやかな後味となって口内に広がる。お酒に弱い颯太でも、これなら大丈夫そうだ。酒は他にもいくつか並んでいたので、コップに少しだけ注いで飲み比べてみることにした。

五種類ほどの色鮮やかな酒を飲んでみたが、全体的にアルコール濃度は低め。その代わりに果実の味が強く押し出されている。

ハッキリ言ってしまえば、ちょっとお酒っぽいジュースと表現しても差し支えないくらいのライトな味わいだ。酒に強い人間には物足りないのだろうが、颯太にはこれくらいでちょうどいい。

「なんだ、あなたも結構飲むんじゃない」

「いつもはこんなに飲まないよ。ここの酒が美味しくて飲みやすいんだ」

「そうなの？　まあ、ここのお酒が美味しいという点については同意するけど」

そう言って、ブリギッテはコップに注がれていた酒を一気に飲み干した。見事な飲みっぷりではあるが、ややハイペースではないか。

「お、おい、ちょっと飲むのが速すぎないか？」

「大丈夫だって。私だってもう大人なんだから、お酒の飲み方くらい心得ているわよ。ほらほら、次注いでよ」

「あ、ああ」

本人が大丈夫と言うならいいか。

自己申告を受けて、颯太は言われるがままにブリギッテのコップを酒で満たす。

一時間後。

「だ～から～、ほ～れじゃあ～だ～めなんらっれ～」

「…………」

酒の飲み方とは。

そんなツッコミを入れたくなるくらい、ブリギッテの酒癖は最悪だった。

「いくらなんでも飲みすぎだろ……」

「な～によ～、あ～らしは酔ってらいって～」

ブリギッテは颯太の肩に頭を乗せ、ゼロ距離の間合いから鳩尾《みぞおち》あたりを指でグリグリ。

いろいろと危険な状態に陥っている。これではせっかくの若者たちの出会いの場が滅茶苦茶になってしまうので、颯太は酔い潰れたブリギッテを連れて店を出ることにした。

「悪いが、俺はブリギッテを送っていく。みんなはそのまま楽しんでくれ」

そう言い残して、肩にブリギッテを抱いて店を出ようとすると……

「あ、あの、ソータさん！」

入口手前でテオが呼び止めてきた。見ると、ルーカも一緒である。

「本日はありがとうございました！」

「ソータさんのアドバイスのおかげで、今日は彼女たちとうまく話すことができました！」

「あ、ああ、うん、その、なんだ……頑張れよ」

「「はい！」」

若い二人は右手で作った拳を左胸に当てる。これはハルヴァ国の敬礼に当たる行為。相手に対して敬意を示すものだ。颯太は特に彼らのために何かをしたわけではないのだが……

店内へ戻っていく二人を見送って、颯太がブリギッテの肩を担ごうとした時だった。

「……おんぶ」

消え入りそうな声で、ブリギッテが訴える。

「おんぶって……」

「いいれしょ？　あらし、そこまれ重くないらら」

「……やれやれ、年長者が聞いて呆れるな」

発光石が埋め込まれた街灯の淡い光を頼りにして、ブリギッテをおぶった颯太はまだ人通りの多い中央路を行く。背中に柔らかな圧力を受けても、平常心を保ってサウアーズ竜医院を目指した。

「どうへあらしは、このまま出会いもなく売れ残りの行き遅れになるんれすよ～」

「んなこと言ってないっての」

こんな調子のやりとりが、目的地であるサウアーズ竜医院に到着するまで続いた。実は彼女もフラストレーションを溜め込んでいたのだろうか。

「ほら、着いたぞ」

なんとか鍵を取り出させ、院内のソファへ寝かせる。この頃になると、ブリギッテはすっかり大人しくなり、ソファの上で静かに寝息を立てていた。

いつもは医者ということもあって白衣を身にまとっているブリギッテ。だが、今回はさすがに私服であり、黒いスカートからスラリと伸びた生足を、思わず意識してしまう。

「……暢気《のんき》なモンだな」

誰もいない部屋に無防備な女性が一人。相手が自分じゃなければ、何をされても不思議じゃない。

ふと、颯太は院内の片隅に置かれた写真立てに目が行った。

「これは……」

幼いブリギッテと思われる少女と、その両脇に佇む大人の男女。ブリギッテの両親だろう。この病院には彼女以外いないようなので、今は一人暮らしをしているか、あるいは――亡くなっているか。

いずれにせよ、すぐに会える状況ではないようだ。

「……こいつも寂しいのかもしれない」

颯太も、一人でいることが辛くなる時がある。田舎の両親の顔を思い出し、無性に母親の作った手料理が食べたくなる衝動に駆られる。三十四歳の成人男性だってそう思うのだから、二十二歳のブリギッテが両親を恋しく思ってもおかしくはない。

「……大変だな」

苦労をねぎらうように、颯太は彼女の赤い髪を梳《す》いて撫でる。

「一人だと、いろいろとしんどい時があるよな。俺もずっと独り身だからわかるよ、その気持ち。俺でよければ、いくらでも愚痴は聞くから。またあの店で……お酒を飲みながら……」

聞こえてはいないだろうが、一応、そう伝えておく。たぶん、素面《しらふ》の時に言っても、茶化されて終わりそうだから。こんなことは恥ずかしくて真っ向からは言えないので、今はこれが限界だ。

「まあ……もうちょっと軽く言えそうな空気になったら、改めて伝えればいいか」

今まで、女性に対してそういった類の話を一切してこなかった颯太は、面と向かって言うのが照れ臭かった。ソファで眠るブリギッテに毛布をかけ、颯太はサウアーズ竜医院をあとにする。

「……ありがと」

一人残ったブリギッテは、虚空に向かってそうつぶやいたのだった。

◆　◆　◆

すでに夜はどっぷりと更け、夜空に散らばる星々は宝石のように煌めいている。

リンスウッド・ファームは王都から近いとはいえ、もっとも賑わっている中央地区からは少し距離があるため、この辺りは閑散《かんさん》としたものだ。

事前に鍵はもらっていたので、それを使い、家の中へ入ろうとして――

「よお、今帰りか？」

当たり前のように竜舎を抜け出しているイリウスに遭遇した。

「また勝手に外へ出たのか。いい加減、キャロルに言いつけるぞ」

「竜舎の中は蒸し暑くてよぉ。ちょっとくらい夜風に当たったって罰は――うん？」

何かを察知したのか、イリウスは目に眩《まぶ》しい赤い鱗の体を近づけてクンクンと匂いを嗅《か》いでいる。

そして、「あー……」と小さく声を漏らした。

「ソータ、おまえ……」

「な、なんだよ」

「あの竜医の姉ちゃんと何かあったか？」

ギクッと体が強張る。

「な、なんでそんなことを？」

「おまえの体からあの姉ちゃんの匂いがプンプン漂っているんだよ。二人ともかなり至近距離にいたんじゃないか？」

おんぶして王都内を歩いていた時に、匂いが全身についたのだろう。颯太は腕を顔に近づけて匂いを嗅ぐが、何も感じない。ドラゴンは人間より嗅覚が遥かに優れているようだ。

「それとこれは……アルコールか？」

「一緒に酒を飲んだからな」

「ああ、ハドリーがやっている食事会か」

「そうそう。で、ブリギッテが飲みすぎちゃったみたいだから家まで送っていったんだよ」

やましいことは何もしていない。酔った女性を家に送り届けたという至って紳士的な行動をしたまでだ、と颯太は説明する。イリウスも納得したようだ。

「そんなことだろうと思ったぜ。とりあえず、そんな匂いを漂わせていたらメアに誤解されるぞ。明日の朝一でもいいから風呂に入って体をよく洗っとけ」

「……そうするよ。忠告感謝する」

颯太の乾いた笑いは、漆黒に染まる夜の空に溶けていった。

◆　◆　◆

陽光が届かないほど木々が生い茂る、とある森の最深部。

一人の男が額の汗を腕で拭い、大きく息を吐いた。胸を締めつける圧迫感と戦いながら、男は部下の帰還を今か今かと待ちわびている。

「まいったな。ただの支援物資配達任務が、よもやこんなことになるとは……ラドウィックを連れてくるべきだったか」

男――ハルヴァア王国竜騎士団マヒーリス分団のジェイク・マヒーリス分団長は、焦りの色を隠しきれなかった。友好関係にある近隣の小国へ支援物資を届けるという、慣れた定期任務の帰り道。思わぬ敵と遭遇してしまったマヒーリス分団は現在、壊滅寸前であったのだ。

分団長のジェイクは、本来のパートナーである陸戦型ドラゴンのラドウィックをハルヴァ城の竜舎に置いてきたことをひどく後悔していた。訓練に疲れ、熟睡しているラドウィックを気遣って置いてきたのだが、こうも裏目に出てしまうとは。

「どうしたモンかねぇ……」

人相の悪さには定評のあるジェイク。彼はその凶悪な三白眼《さんぱくがん》を細めて、襲いくる敵に備える。視線は安定しない。頭が上下左右に忙しなく大きく揺れ動いており、連動するように長い金髪も揺れていた。なぜなら、「敵に襲撃されている」という認識はあっても、「どこからどんな敵にどういう方法で襲われているのか」がまったく把握できていなかったからだ。

敵はどんな手段を用いて二十人近くいた部下を葬ったのか。どれくらい離れた位置にいるのか。何もかもが不明だった。

そのため、具体的な対策を講じられずにいる。言い換えれば、あらゆる行動が後手に回るということ。常にあと攻めを余儀《よぎ》なくされる状況だった。

「まあ……よくもった方かな」

動揺を隠すための笑い。手も足も出ないから、せめて強がってみる。それで事態が好転するかと言われたらノーだが、そうでもしなければ彼の心はとうに挫けていた。

百戦錬磨《ひゃくせんれんま》のジェイク・マヒーリスは命が尽きるまで手にした剣を放さず、最後の最後まで戦い抜くと誓いを立てて前を向く。

ただ、気がかりがあるとすれば、妻のことである。

「新婚早々に殉職の危機とは……」

ジェイクはまだ結婚して一ヶ月も経っていない新婚だった。ガブリエル・アーフェルカンプ騎士団長たちが企画した食事会で出会い、一年半の交際を経て結婚。おまけに、妻であるシンシアのお腹の中には新しい命が宿っていた。

「……やっぱ、死ねないよなぁ——死ねないんだよ！」

姿なき敵に吠え、自らを奮い立たせる。これまで、幾多《いくた》の逆境もはねのけてきた。今回だって必ずそうしてみせる。

「っ！　来い！」

何者かの気配を察知して、剣を構える。

次の瞬間——

「っ！」

耳に響くそれは「歌」だ。

遥か彼方からの歌声。その美しい旋律は全身を蝕《むしば》み、やがて動作や思考を奪う。荒《すさ》んだ心を癒すようにして生命活動を一時停止させるそれは、まるで姿なき死神の鎌。

「こ、こんな――」

最後まで抗っていたジェイクだったが、とうとうその歌に呑み込まれて、体の自由が奪われてしまう。

長らく続いた歌がようやく消えると、森には剣の地面に転がる音が虚しく響いた。

◆　◆　◆

リンスウッド・ファームでは、朝の日課であるドラゴンのエサやりと寝床の清掃が、颯太とキャロルによって行われていた。役割分担としては、エサ用の生肉をキャロルが用意し、その間に力仕事である寝床の清掃を颯太が行うことになっていたのだが……

「オロロロロロロロロロ……」

絶賛二日酔い中の颯太は、竜舎の物陰で盛大に吐いていた。とても寝床の整頓なんてできる状態ではなく、顔色も最悪だ。

キャロルに「二日酔いだからもうちょっと寝かせて」などとは頼みにくく、無理をして仕事に励んでいたが、とうとう限界を迎えてしまった。

「勘弁してくれ……寝床の掃除はいいから、せめてもっと離れた位置でぶちまけてくれよ」

「す、すま――オロロロロロロロロ……」

うんざりしたように言うイリウスに謝罪しつつ、なおも吐く颯太。慣れない酒を大量に摂取したのが原因だった。飲みやすいといっても、酒は酒だ。急性アルコール中毒にならなかっただけマシだろう。イリウスには申し訳ないが。

胃の内容物を大体出し切ると、少しだけ気分がスッキリした。

水汲み場で軽くうがいと洗顔を済ませる。

「ソータさ〜ん」

遠くから自分を呼ぶ声がする。竜舎から顔を出すと、家の窓から手を振るキャロルの姿が目に飛び込んできた。

「ハドリー叔父さんが呼んでますよ〜」

ハドリーが自分を目当てに訪問。もしかして、昨日の合コンに関する件だろうか。ひょっとすると、あの酒乱が去ったあとはお通夜状態になってしまって、うまくいかなかったことへの苦情かもしれない。颯太自身に責任はなく、九割九分、酒に酔いまくったブリギッテのせいだけど。

戦々恐々としながら、颯太は家で待つハドリーのもとへ。

テーブルには、ハドリーの他にキャロルとメアも座っていた。

「おう、ソータ。昨日は大変だったな。テオとルーカから聞いたが、まさかブリギッテがあそこまで酒に弱いとは俺も知らなかったよ」

怯えていたのが馬鹿らしくなるくらい、ハドリーはいつも通りだった。昨日の失態についてのお咎《とが》めはないようだ。

「俺の方こそ、ペースが速いって懸念はしていたんですけど、結果としてブリギッテの暴走を食い止めることができなくて……テオやルーカ、それにメイドさんたちには悪いことをしました」

「それについては問題ない。あれから四人で盛り上がって大成功に終わったそうだ。テオもルーカも、緊張している自分たちを励ましてくれたソータに感謝していると言っていたぞ」

颯太の心配は杞憂《きゆう》に終わったらしい。前途ある若者たちが、素晴らしい出会いを果たせたようで一安心。

——ということは、ハドリーの来訪は別件ということか。

「今回ここを訪ねたのは……ちょいと面倒な事件が起きたんで、おまえにも解決に協力してもらおうと思ったわけだ」

笑顔から一転して真面目な顔つきとなるハドリー。

「昨夜遅くに、ここから南にあるソラン王国という小国付近で、不可解な事件が起きたと報告があった」

「不可解な事件？」

「ああ。そのソランっていう国は、二年前に魔物の大群の襲撃を受けて壊滅寸前にまでなったが、もともと友好関係にあったハルヴァ王国が復興支援を行って、ようやく国としての機能が回復しかけているところだ……そこへ支援物資を届けていた竜騎士団のマヒーリス分団が、昨夜から消息を絶ち、分団に所属する分団長以下全兵士が行方不明となっている」

それだけ聞くと、まるで神隠しにあったようである。颯太はハドリーに質問する。

「……まさか、魔物に襲われたんですか？」

「その辺について詳しく調べるため、俺たちリンスウッド分団がソラン王国へ行くことが今朝決まった。んで、イリウスをこちらに合流させて……今回の遠征におまえを同行させたいと思ってな」

「お、俺を？」

颯太を同行させる。それはつまり、ある生物が今回の事件に大きく関与している可能性が高いと、ハドリーが睨んでいる証左でもあった。

「ドラゴン絡みってわけですか？」

「少なくとも、俺はそうだと思っている。二十人近くいるマヒーリス分団のメンバーを一度に消すなんて、そんな芸当が可能なのは魔物かドラゴン——あるいは、竜人族が絡んでいる可能性が非常に高い。だから今回は、俺の本来のパートナーであるイリウスを連れていこうと思うし、できれば、竜人族のメアンガルドにも来てもらいたい」

言われて、颯太は自分のすぐ横の椅子に座り、コクコクと専用のピンクのコップに注がれたミルクを飲んでいるメアを見る。

「我の力が必要なのだな？」

口周りにミルク製の白い髭を作ったメアは、意外にも行く気満々のようだった。颯太はそのミルクをハンカチで拭いてあげながらメアにたずねる。

「いいのか？」

「いいも何も、我がここにいるのは何も快適な生活を満喫するためだけではない。この国に関わるすべてを守るためにあの洞窟から抜け出してきたのだ。それに、放っておいたらいずれこの国にも危害を及ぼすかもしれんからな」

「メア……ありがとな」

感謝の意味を込めて頭を優しく撫でながら、ハドリーにメアも遠征参加に乗り気であることを告げる。

ハドリーは安心したように息を吐いた。

「助かるよ。あ、それと、キャロルも一緒に来てくれ」

「わ、私もですか！」

突然の提案に驚くキャロル。

「ソータもメアンガルドもイリウスもいなくなると、この広い家におまえだけになっちまうからな。叔父さんとしては、姪っ子を一人で残しておくのは忍びないんだよ」

「ああ……リートもパーキースも別件で国を離れていますからね。でも、牧場を無人にするのは、それはそれで心配なんですけど……」

「心配はいらん。王都内の竜舎にいるドラゴンを数匹ここへ預けていくつもりだ。とびっきり人相の悪いヤツらを、な」

つまり、番犬ならぬ番竜か。さすがにこれなら泥棒も寄り付かないだろう。

ハドリーがニヤリと笑う。

「本件は新生リンスウッド・ファームの記念すべき初仕事ってことだ。メンバー総動員で挑むのも悪くないだろ？」

颯太がオーナーに就任して迎える、初めての依頼。

ここでうまいこと成功を収めれば、今後はもっと依頼が増えるだろう。この牧場を倒産なんて無縁の、それこそ一部上場企業並みの大牧場にしていくためにも、まずはひとつひとつの依頼を丁寧にこなしていかなくてはならない――今回はその足掛かりと言える。

「よし、そうと決まったら出発の準備をしよう。ハドリーさん、少し時間もらっていいですか？」

「じゃあ、昼頃に迎えの馬車を寄越そう。俺も一旦城へ戻って部下に指示を出す必要があるし、ブリギッテも呼びに行かないといけないからな」

本件には竜医としてブリギッテも参加するらしい。

「俺の中では、あいつもリンスウッド・ファームの一員って扱いになっているからな。どのみち竜医は欠かせない存在だし」

「ブリギッテさんがいてくれたら心強いです！」

キャロルが元気に言った。ブリギッテが有能な女竜医だというのは颯太も同意見だ。ただ、あっちも昨日は相当酔っていたから、自分と同じようにひどい二日酔いになっていなければいいが。

ハドリーを見送ってから、颯太たちは急いで旅の準備を整える。

リンスウッド・ファームをこの国で一番のドラゴン育成牧場にするための戦いが、ここから始まるのだ。自然と全身に力が入ってしまう。キャロルも心なしかそわそわしているようだ。

「キャロル」

「ひゃ、ひゃい！」

颯太が呼びかけると、キャロルの声が裏返った。やはり、成功させなければという意識の強さが、変な力みを生んでいるみたいだ。

「俺たちがいるのを忘れないでくれよ？　大変だとかキツイって思ったら、いつでも頼っていいんだからな」

メアとイリウスだって、心境としては同じだろう。リンスウッド・ファームのために全力で挑もうという強い意志がある。決して、キャロルだけが必死になっているわけではない。

「肩の力を抜いていこう。リラックスだ」

「ソータさん……はい！　みんなで――みんなの力で、絶対に成功させましょうね！」

「おう！」

新生リンスウッド・ファームは、真の意味で新たな一歩を踏みだしたのだった。

◆　◆　◆

馬車に揺られることおよそ二時間。

深緑の森を抜けると、降りそそぐ陽射しを浴びて煌めく大きな湖畔《こはん》と、その近くに点在する家屋が見えてくる。緩やかな上り坂をさらに二十分ほど進むと、大きな煉瓦造りの門が見えてきた。あれがソラン王国への入国審査場らしい。

馬車が停まると、まずハドリーが降りた。

「兵士に俺たちのことを伝えてくる。ちょっとここで待っていてくれ」

入国審査場に行こうとするハドリーを、颯太が呼び止める。

「あ、待ってください。外へ出てもいいですか？」

「それくらいならいいが、この馬車の周りだけにしておいてくれよ」

「わかりました」

颯太が外出の許可を求めたのは、窓にべったりと張りついているキャロルとメアのためだった。

「二人とも、外へ出て見てきなよ」

「ありがとうございます、ソータさん！　行こう、メアちゃん！」

キャロルとメアはキャッキャとはしゃぎながら馬車を飛び出して湖を見に走る。それに続いて颯太とブリギッテも外へ出た。

「う～ん……いい天気ね。仕事じゃなかったら湖畔でまったりしたいわ」

途中から合流したブリギッテは、長旅で固くなった体をほぐすように伸びをする。

「……ブリギッテは二日酔いとかないのか？」

「へ？　別になんともないけど？」

颯太よりも大量に酒を摂取していたはずなのに、ブリギッテは二日酔いの気配を微塵も感じさせずケロッとしている。酒癖はともかく、アルコールが翌日まで残らないタイプらしい。

「俺も酒にもうちょっと強かったらなぁ」

落ち着き始めた二日酔いが、馬車による振動によってぶり返している颯太には、羨ましい体質だ。

「見てください、メアちゃん。とっても大きな湖ですよ！」

キャロルとメアは完全にピクニック気分であった。二人揃って目を星のように輝かせて湖を眺めている。現在地は小高い丘の上なので、眼下に広がる美しい湖はたしかに絶景であると言えた。

だが、あくまでもここには仕事で来ているのだ。

「二人とも、仕事だっていうことを忘れるなよ」

「はーい」

「案ずるな。心得ている」

そう言う割に、未だ二人の視線は湖から離れない。

五分ほど経過すると、ハドリーが戻ってきた。必要な書類などは提出し終えたので、あとは最終的なチェックを残すのみらしい。

チェックを待つ間、颯太はハドリーと世間話をする。

「しかし、本当に大きな湖ですね」

「ベリアム湖はソラン王国のシンボルでもあるからな。国旗にも、あの湖が描かれているほどだ」

日本でいうところの富士山のようなものか。

キャロルとメアには仕事を忘れるなと苦言を呈した颯太だが、改めて見るとあの二人がはしゃぐのもわかる気がする。

とにかく広い。

そよ風に合わせて揺れる湖面。水平線が世界の果てまで延びていると錯覚するほど、圧倒される広さだ。

審査場の門へ視線を移すと、ほんのちょっとだが王国内の様子も窺えた。ハルヴァの王都ほどではないが、なかなか賑わっている。自然に囲まれた環境も相まって、のどかで牧歌的な国だ。

「この国もだいぶ活気が出てきたな」

ハドリーがそう口にする。

「二年前、魔物の襲撃を受けた直後はもう駄目かと覚悟したが……これもあいつのおかげだ」

「あいつ？」

「この国の中心人物とでも呼べばいいかな」

「国王ってことですか？」

「う～ん……ちょっと違うんだが」

腕を組んだハドリーはなんとも歯切れの悪い答えをくれた。

「今この国は……復興してきたとはいえ、正確には国と呼べない状況にある」

「どういうことですか？」

「ソラン王国は今……国王が不在なんだ」

国の政治を取り仕切るはずの王が不在。そうなると、外交や内政が滞《とどこお》ってしまうのではないか。

しかし、この国がここまで復興できているなら、人々をまとめるリーダー的な存在がいるはず。ハドリーの歯切れの悪さには、どんな事情があるのだろうか。

「な、なんでまたそんなことに……」

「さっき言った、魔物の襲撃が大きく関係している……二年前、ここが魔物の襲撃を受けた際に、王とその側近である親衛隊のほとんどが国外へ逃亡したんだ」

「こ、国民をほったらかしてですか？」

「その通り。この国の国王だったブランドン・ピースレイクは、己の命惜しさに国を見捨てたんだよ」

なんて無責任な王なんだ、と颯太は憤慨《ふんがい》する。

国を統治し、真っ先に国民の安全を確保しなければいけない立場にある国王が、己の保身を優先して国を投げだすなんて。

「そんなのって……」

「先代国王は有能な人だったし、弟のゲイル・ピースレイクは兄と違って国民からの支持も多く、絶大な人気があったんだが……兄の尻拭いをするため、親衛隊長であった彼は最後まで戦い、命を落とした」

「その弟さんが国王をやるって選択肢はなかったんですか？」

「これぱっかりは、その国の法によるからな。ソラン王国では、代々兄弟がいた場合、死亡でもしない限り、兄が王の座に就いて下の弟が補佐役となるのが決まりだ……あんまりよそ様の国の政治にとやかく言うのはよくないんだが、ブランドン・ピースレイクのケースはその法が最悪の結果を招いたな」

日本の企業でも、特に中小企業でよくある親族経営なんかでは、似たような話を聞いたことがある。先代から社長の地位を譲り受けた御曹司《おんぞうし》が無能極まりなく、会社の経営を大きく傾かせてしまったというのは、そんなに珍しいことではないのだ。

「今は、元ソラン王国親衛隊のエレーヌ・ラブレーって女騎士が中心になって人々をまとめている。彼女は若いが、勇敢で頭もいい。おまけに美人だ」

王が不在という異常事態の中でも、これほど安定した治安を実現させるのはかなり困難なはずだ。そのエレーヌという女性の人望と手腕が相当なものなのだろう。美人だという点も地味に効果がありそうだ。

そんな話をしていると、ソラン国の兵士がハドリーを呼びに来た。てっきり、手続きの終了を告げに来たのかと思ったが、どうも違うようだ。

ハドリーは兵士と少し話をしてから、颯太たちを呼んで事情を話す。

「すまないみんな。どうも行き違いがあったみたいで、エレーヌは不在らしいんだ。もうちょっとすれば戻ってくるという話だが……」

どうやら、何かトラブルが発生したらしい。

「戻ってきたら知らせてくれるようだから……それまで湖へ行ってみるか？」

「ほ、本当ですか！」

「構わないぞ。そこの脇道から五分ほど歩くと湖畔に着くそうだ」

「すぐに行きましょう！」

キャロルのテンションは頂点に達していた。メアも両手を挙げて喜びをアピールしている。

「い、いいんですか？」

颯太がたずねると、ハドリーは「ははは」と笑った。

「まあ、キャロルはここのところずっと働きっぱなしだったからな。息抜きにはちょうどいいだろう。メアンガルドとの親交もより深められそうだし」

「……それもそうですね」

いつの間にか颯太の隣にいたブリギッテも乗っかってくる。

「なら、私たちも湖へ行きましょう。これから大仕事が待っているかもしれないから、それまでのいい気分転換になるわ」

メアと手をつないで脇道に入るキャロルを、颯太、ブリギッテ、ハドリーはゆっくりと追う。

ちなみに、イリウスは体が大きくて脇道を通れないという理由で、お留守番となった。

◆　◆　◆

「ソータ！　この湖の水は冷たいぞ！」

「あんまり深いところまで行くんじゃないぞ」

「わかっている！」

はしゃぐメアを颯太は穏やかな気持ちで眺めていた。その横では、同じような調子でキャロルが水と戯れている。

その時、いきなりキャロルが颯太のもとへ走り寄ってきて、颯太の腕を引っ張った。

「ソータさんも入りましょうよ！」

最初こそ、「いや俺は」と断ろうとしたが、あまりにも二人が楽しそうだったので、颯太も参加することにした。

服が濡れるのも気にせずに、キャロル、メアと水をかけ合う。

心から楽しいと思えた。

冷たい水にブルッと震えながらも、心はコタツの中にいるかのように温かい。

「メアちゃん！」

キャロルがメアに声をかけ、二人の目が合う——それだけで、メアはキャロルが何を企んでいるか理解できたようだ。

ギラッと怪しげな光を放つふたりの瞳。

「む？」

颯太が気づいた時にはすでにフォーメーションが完成していた。

前門のキャロルに後門のメア。颯太は二人に挟まれる格好となる。

「今です！」

「覚悟せよ、ソータ！」

キャロルが合図を出すと、ふたりが同時に颯太の胸に飛び込む。

「ちょっ！」

二人を同時に受け止める形になった颯太は、バランスを崩して背中から湖へダイブ。バシャンと豪快な水しぶきが宙を舞い、目の前に青空が映し出された。その光景をまったりと味わう間もなく、颯太は上体だけを起こしてふたりのイタズラ娘たちに仕返しをする。

「……やってくれたな」

颯太は両手を広げて二人に向かって飛び込んだ。颯太の腕に包まれた二人は同じように背中から水の中へ。再び大きな水しぶきがベリアム湖に生まれた。

「ぷはっ！　もう、ソータさんってば」

「びっくりしたではないか」

「お返しだよ」

みっつの視線がぶつかり合うと、自然と笑いが込み上げてきた。颯太たちはびしょびしょになりながらも、心底楽しそうに大笑いする。

「あんなにはしゃいじゃって……あれじゃどっちが子どもかわかりませんね」

「思えば、あいつもハルヴァに来てからいろいろあったからな。キャロルと同じくらい、ソータにも気持ちを切り替える時間が必要なのさ」

微笑ましい光景を見つめながらそう言うブリギッテとハドリーも、肩の力が抜けて非常にリラックスできていた。

リンスウッド・ファームの面々による水かけ合戦は、ソラン王国の兵士が呼びに来るまで続くのだった。

◆　◆　◆

「さあ、ソラン王国に入るぞ」

待機命令を受けた一部の兵士を除くメンバーは、ハドリーに連れられて、国境の意味を成す大きな門をくぐってソラン王国へ入る。

先ほど、門前でチラリと見えていた街が颯太の視界いっぱいに広がった。

王都のように建物が乱立しているというより、自然との調和を重んじているようで、そこら中に街路樹が立ち並び、街の中心には湖へと続く大きな運河があった。運河では小船が行き交い、さまざまな物が運ばれている。王都とはまた違った商人同士のやりとりが繰り広げられていた。

「エレーヌ様はあちらです」

兵士の案内に従って進むと、人ごみにぶつかった。数十人の亜人を含む群衆が、一人の女性を取り囲んでいる。殺伐《さつばつ》とした空気はなく、誰もがその女性に対して好意を持っているようだった。

ハドリーとブリギッテが女性に近づき、それぞれ声をかける。

「久しぶりだな、エレーヌ」

「相変わらずの人気ですね」

「やあ、ハドリー殿。それにブリギッテも。よく参られた」

その人物こそが、ソラン王国復興の大黒柱であるエレーヌ・ラブレーであった。

男の颯太と並んでも遜色《そんしょく》ない長身痩躯《ちょうしんそうく》。エレーヌは長い黒髪を頭の後方で束ねた、いわゆるポニーテールという髪型をしていた。年齢はブリギッテと同じくらいだろうか。人々に囲まれ、笑みを絶やさずにいても、柔らかそうな唇をキュッと引き締めているあたり、常に気を抜かぬ騎士としての心構えが見て取れる。この国の標準装備と思われるグレーのチェインメイルも、彼女の凛々しさによくマッチしていた。

「遅くなってすまなかったな、エレーヌ。何かと準備に手間取ってしまって」

「何を言われる、ハドリー殿。こちらこそ、待たせてしまって……」

その時、エレーヌの目が颯太を捉えた。

「もしや、そちらの御仁《ごじん》が、ドラゴンと会話できるという青年で？」

「ああ、そうだ」

エレーヌとハドリーの視線が注がれ、颯太は慌てて自己紹介をする。

「は、はじめまして、高峰颯太です」

「私はエレーヌ・ラブレーだ。君の噂は聞いているよ。よろしく頼むぞ――って、どうしてびしょ濡れなんだ？」

「いやその……いろいろありまして」

誤魔化しながら握手を交わす。きめ細かな白い肌は、騎士でありながらなんとも女性らしかった。

それからリンスウッド・ファームの面々全員の自己紹介を終えると、すぐに本題へと移行する。

「早速だが、話を聞かせてくれ。伝令の話では、消息を絶ったマヒーリス分団の面々について何か知っているとのことだったが」

ハドリーの言葉に、エレーヌが困惑した表情を見せる。

「知っているというより……まあ、実際に見てもらった方が早い。こちらへ」

颯太たちがエレーヌに案内されたのは、近くにある石造りの建物――ソラン王国守備隊の詰所《つめしょ》だった。中へ入り、まず目に飛び込んできたのは――

「……石像？」

室内の中央に並んだ五つの石像だった。

「この石像は、つい先ほど回収してきたばかりのものだ」

エレーヌが説明した。ハドリーは石像を見ながら、さらにエレーヌに説明を求める。

「なるほど。こいつの回収作業をしていたのか――で、これは一体なんなんだ？」

「昨夜遅くに南にある森で発見された。悲鳴が聞こえたので森に近づいたところ、ポツンと置かれていたそうだ。今朝になって、我々守備隊で詳しく調査して、さらに四体の石像を回収した」

「へぇ……随分と精巧《せいこう》ですね。誰が作ったんでしょう？」

戦う兵士を模して制作されたらしいその石像は、まるで生きた人間のようであった。

感心する颯太の横で、同じように石像を眺めていたハドリーの顔がだんだんと青ざめていく。

「じぇ、ジェイク！」

突如、ハドリーが真ん中の石像へ向かって叫んだ。

鬼気迫る表情で震えているハドリーの様子から、颯太はひとつの可能性に思い当たる。

「この石像……それにジェイクって……まさか、行方不明になっていた竜騎士団の人たち？」

「………………」

言葉なく、頷くことで返事するハドリー。石像と化した五人は、昨夜遅くに消息を絶ったとされるマヒーリス分団の兵士たちだったのだ。

「現段階ではここにある分しか回収できていないが、森の中をさらに詳しく調査すれば他の兵士の石像も見つかるだろう」

「それにしても、生きた人間を石化させるなんて聞いたことないわね」

ブリギッテは石像に興味を抱きつつも、その顔は青ざめていた。

キャロルは目を見開いて硬直している。十五歳の少女には少し刺激が強かったらしい。

ブリギッテが固まっている彼女に気づき、外へ連れ出す。

一方、ハドリーは未だショックから立ち直れず、石像へと語りかけていた。

「なんてこった……」

同期入団で常にお互いを意識し、切磋琢磨《せっさたくま》してきた仲間の変わり果てた姿を目の当たりにして、声を震わせるハドリー。

「おまえほどの男がこんな……ああ……シンシアになんて言えばいいんだ」

シンシアというのは、ジェイクと結婚したばかりの妻である。そのお腹には、ジェイクとの子どもが宿っており、ジェイクが生まれくる赤ん坊を今か今かと待ち望んでいたことは、ハドリーも知るところだ。

『ハドリー、俺はもう子どもの名前を考えたぜ！　男の子なら将来騎士団へ入れるような強い名前で、女の子ならシンシアみたいに優しい子に育って欲しいって願いが込められた名前なんだ。おっと、発表は赤ちゃんが生まれてからのお楽しみだ』

つい先日、城内でそんな会話をしたばかりだというのに。

「……ジェイク殿は、このソラン王国の復興に尽力してくださった恩人だ。支援物資の運搬は毎回自らが指揮を執って行い、任務の合間にはここの子どもたちに剣術の稽古《けいこ》をつけていただいた。王国の民も、彼の死を深く悲しんでいる」

目頭を押さえながら、エレーヌが告げる。

臨時とはいえ、この国の代表を務める彼女にとっても、ジェイクの存在は大きかった。また、彼の死は彼女のみにとどまらず、王国に暮らす人々にも大きなショックを与えていた。

重い空気が漂う中、それを切り裂くように、目を細めたメアが声をあげた。

「まだだ」

「メア？　まだってどういうことだ？」

唯一メアの言葉がわかる颯太が、彼女に確認を取る。

「そのジェイクという男はまだ死んでいないという意味だ。ジェイクだけでなく、石にされた他の四人も存命だ」

「なんだって！」

颯太の大声に、その場にいた全員が「何事だ？」と目を向けた。注目を浴びることとなった颯太はあたふたしながらも、メアの言葉を訳して全員に伝える。

「メアは、まだジェイクさんたちが生きていると言っています」

「ほ、本当か！」

室内が騒然となる。石像と化し、とても生きているようには見えないのだから無理もない。

「我は、人を石化させる能力を持った竜人族を知っている」

「人を石に変えてしまう竜人族――がいるそうです」

「そ、そんなヤツがいるのか……い、いや、だが言われてみれば、こんなマネができるのは竜人族をおいて他にいない」

メアの言葉は、颯太以外にはどんなに耳を凝らしても「ガウガウ」としか聞き取れない。そのため、颯太が同時通訳をする格好で伝えていた。

「きっと、あいつの歌を聴いたのだろう。そのせいで、この者たちは石になってしまったのだ」

「歌？　歌で相手を石化するっていうのか？」

「そうだ」

「……そいつはなんて名前のドラゴンだ？」

「ヤツの名は……竜王第四十五子――《歌竜《かりゅう》》ノエルバッツ」

「歌竜ノエルバッツ……」

歌で人を石化させる能力を持った竜人族――ノエルバッツが、この騒動の原因だとメアは話す。

それを聞いてうーむ、と唸るハドリー。

「相手が竜人族となると、むやみに突っ込むわけにはいかんな」

「早急に兵を集めて対策会議を開きましょう」

「ああ、そうしよう」

ハドリーとエレーヌはそう結論を出すと、分団と守備隊の面々をこの場に集めるようお互いの部下に指示を飛ばした。

ハドリー分団とソラン守備隊の動きが慌ただしくなってきたところで、メアが小声で颯太を呼ぶ。

「……ソータ」

「ん？　どうした？」

「水を差すようで申し訳ないが……一度でいいから我にノエルバッツと話す機会を与えてほしい」

メアの提案は意外なものだった。

「話す機会だって？　説得する気か？」

「実を言うと、我はノエルバッツと五十年くらい行動を共にしていた時期があるのだ。その頃のあいつは人間に対してとても好意的だった」

「そ、そうなのか？」

「当時、我らの住処《すみか》のすぐ近くに小さな農村があったのだが、ノエルバッツはそこに人間の姿でよく出入りしていた。関係は傍《はた》から見ていても良好でなんの問題もなかった。我はその後、別の土地に移ったためそれ以降交流はなかったが……あいつが人間を襲うなんて信じられない」

半世紀も一緒にいた同じ竜人族――その性格は、この場にいる誰よりもよく知っているだろう。

そのメアが、説得を申し出ている。颯太としては放ってはおけなかった。

「みなさん、ちょっと聞いてください」

「なんだ？」

今にも飛び出していきそうな勢いの面々を呼び止めて、颯太はメアからの提案を伝えた。

初めのうちは全員「うーん」と乗り気ではなかったが、必死の呼びかけによってメアによる説得作戦を決行する運びとなる。しかし、ハドリーが最後に釘を刺した。

「だが、もしそのノエルバッツが、我々人間に明確な敵意を向けて攻撃してきた場合は、すぐさま反撃に移る。それでも構わないな？」

「ああ。その時は、あいつも心変わりしたのだと諦めるさ――と伝えてくれ」

「メアはそれでいいと言っています」

メアの言葉を伝えると、ハドリーは顎に手を添えて何やら考えたのち、大きく頷く。

「わかった。では、最初は銀竜メアンガルドに任せよう」

この判断に対して、エレーヌは渋い表情だった。

民の命を案じる彼女からしたら、目前に歌で人を石化させる能力を持った竜人族がいるという事実だけで、気が気でなかったのだ。

しかしここで歌竜討伐に動いても、具体的な対策は何もないので返り討ちになる可能性が高く、被害拡大は避けられなかっただろう。気持ちが先行するあまり、無策のまま突っ込むところだった。いつも冷静なエレーヌらしからぬ行動である。

それを踏みとどまれただけでも、メアの提案は価値があると彼女は思い直す。

「そうと決まればすぐに準備だ。キャロルとブリギッテはイリウスを連れてきてくれ。そのあとはここで待機だ。ソータとメアは俺と行くぞ」

「わかったわ。行きましょう、キャロルちゃん」

「はい！」

行動を開始したハドリーたちに続くように、エレーヌも声を上げる。

「私は守備隊を選抜する。私が不在の間にも警備を怠らないよう指示を出したあと合流しよう」

「それがいいな」

その場は一旦解散となり、それぞれがノエルバッツ説得作戦のために動きだした。

エレーヌたちソラン王国守備隊は、ソラン城へ馬を走らせる。なんでも、ソラン城の近くに武器庫があり、新しい装備をそこで調達するようだ。

ハドリーが言うには、ソラン城はハルヴァ城より小ぶりらしいが、その佇まいはやはり王が住む城だけあって相応の風格を感じられるとのこと。

「だが、あの城は今無人なんだ」

「誰も住んでいないんですか？」

「先代国王は尻尾巻いて逃げだしちまったし、王位継承権のあった弟のゲイルは国民を守るために最後まで戦い抜き、城で命を散らした。その勇敢な弟の魂を鎮めるため、国民はあの城を《英雄の墓》と呼んでいるんだ――おっと、俺もイリウスに装備をつけてやらないとな」

窓からブリギッテたちの姿が見えると、ハドリーは足早に部屋を出ていった。

ハドリーの言葉を聞いて颯太は思いを巡らせる。国民としても、きっと弟に国王となってもらいたかったのだろう。その無念さが窺える話だ。

ほとんど人がいなくなって静まり返った室内で、メアが小さく頭を下げる。

「ありがとう、ソータ」

「なんでおまえがお礼を言うんだよ」

「……よくよく考えてみたら、ソータがあの洞窟から我を引っ張り出してくれなかったら、我はあのまま死んでいただろう。そうなっていたら、我にとって数少ない友であるノエルバッツの説得などという行為もできなかった」

容姿は幼い少女でも、そこは何百年と生きている竜人族。静かに語るその姿は、大人顔負けの落ち着いた雰囲気であった。

メアンガルドは、その小さな体を颯太に預けて目を閉じる。

「どうした？」

「少し怖いんだ。あの優しかったノエルバッツが——かつての私のような経験をして人間を嫌ってしまっていたら、人間を根絶やしにするつもりで、ハルヴァの兵を襲ったとしたらと考えると……その時は、私は力ずくでも、あいつを止めるつもりでいる」

メアは、悲壮な決意を胸に秘めていた。

人間の良い面も悪い面も知っているメアは、ノエルバッツの真意をたしかめ、それ次第では戦うつもりなのだ。

メアが思い詰めているように見えた颯太は、わざと軽い調子で励ます。

「そう暗くなるなって。おまえがダメだったら、今度は俺が説得するよ。それこそ、おまえをあの暗い洞窟から引っ張り出した時みたいに」

「ソータ……」

張りつめた糸が切れたように、メアの強張っていた顔が綻《ほころ》んだ。自分一人でどうにかしないといけないという肩の荷が下りたのだろう。

「一人でダメなら二人でやればいい。ドラゴンも人も関係なく、な」

「ああ……そうだな」

メアの頭を軽く撫で、颯太は考える。

叶うなら、ノエルバッツもメアのように救いたい。そのために、最善のことをしよう。

オーナーとなったからには、自分から率先して動いていかないといけない。何度空回りしようと、自分がへこたれるわけにはいかない。キャロルやメアのためにも頑張らなくては。

メアに負けないくらい強い決意を抱いて、颯太はノエルバッツ説得に挑む。

◆　◆　◆

石像が発見された場所は、なんとなくレグジートと出会った森と似ていた。

薄暗く、背の高い木々が颯太たちを見下ろすように立ち並ぶ。肌にまとわりつく湿気が鬱陶しく、何もしなくともじんわりと汗が浮かび上がってきた。地元の木こりたちでさえ、気味悪がってあまり奥へは入り込まないというが、その判断は正しいと納得せざるを得ない不気味さだ。

「では、ここからの指揮はハドリー分団長にお任せします」

「わかった。では、各人に指示を出すからよく聞いてくれ」

エレーヌから指名を受けたハドリーは、相棒であるイリウスに跨り、指示を飛ばす。

本来なら、ソラン王国の領土内であるため、守備隊長であるエレーヌが指揮権を持つはずだが、今回はハドリーへ一任されることとなった。異例ではあるが、ドラゴン関連の事件については経験豊富で実績も申し分ないハドリーが指揮官として適任ということになったのだ。

ハドリーの手腕はいかんなく発揮された。

ソラン王国の守備隊は、王国守備隊という名こそついてはいるが、その実体は王国親衛隊が自然消滅してから急遽結成された寄せ集め集団である。日々の鍛錬は欠かしていないが、実戦不足の感は否めず、エレーヌ以外のほとんどは森に入った途端、浮き足立っていた。

そんな彼らをハドリーは見事にまとめ上げ、適材適所に配置し、ノエルバッツへの備えを確固たるものとしていく。

「素晴らしい手際だ」

「ホントに……」

エレーヌと颯太は、思わず拍手を送りそうになるくらい感動していた。

「ハドリー分団長を見習って、少しでもあの方に近づけるようにならないとな」

「あの方って誰ですか？」

「ゲイル・ピースレイク様だ」

ゲイル・ピースレイク。

ソランの民から英雄と讃えられ、国を見捨てた兄のブランドン・ピースレイクよりも支持されていた王弟《おうてい》だ。そのゲイルについて語るエレーヌは柔和《にゅうわ》な笑みを浮かべる。

「ゲイル様は立派な御方だった。誰に対しても優しく、それでいてどんな逆境にも負けない強い心を持っていた。私が親衛隊に入ったのだって、本当は――」

そこで、エレーヌはハッと我に返って、取り繕うように続ける。

「ま、まあ、なんだ……つまり、尊敬するゲイル様に近づきたくて、守備隊を結成し、王国復興を目指して日々精進しているのだ」

その態度から、颯太はなんとなく察する。

エレーヌにとって、ゲイル・ピースレイクというのはただの護衛対象だったわけではなく、もっと特別な感情を抱いていた相手なのだと。

「エレーヌさんならなれますよ、きっと」

「ははは、世辞でも嬉しいよ」

「お世辞なんかじゃないです。守備隊のみんなは、あなたのことを信頼しています。これからきっと、ゲイルさんみたいな隊長になれますよ」

「そこまで言ってもらっては、逆にプレッシャーを感じるな」

「あ、す、すみません」

「ははは、真に受けないでくれ。冗談だ」

「じょ、冗談……」

エレーヌをあまり冗談など言わない堅物タイプだと思っていただけに、すっかり本気にしてしまった。

「…………」

一方、颯太の横にいるメアは、不穏な空気を感じ取っているのか、先ほどから表情が冴えない。

「大丈夫か、メア」

「今のところは、な。ただ、やはりこの森のどこかにあいつはいるみたいだ」

どうやらノエルバッツの気配を捉えているようである。颯太はそのことをハドリーに伝える。

「ハドリーさん、メアの話ではノエルバッツはこの森の中にいるみたいです！」

「了解だ。みんなも聞いたな！　各自警戒を怠るなよ！」

あらゆる方面へ目を配らせ、どこから襲撃を受けても万全の対応ができるように全兵士が身構える。だが、相手の武器が物理的なものではなく歌であることを考慮すると、盾や鎧といった防具はあまり役に立たない。

緊迫した空気に包まれる中――なんの前触れもなくヤツは現れた。

「……！　あれは！」

第一発見者は颯太だった。

前方約十メートル。

日の光さえまともに差し込まぬ薄暗い森にはおよそ似つかわしくない、一人の少女が立っていた。

「ノエルバッツ……」

「久しぶりですね――メアンガルド」

静かにメアの名を口にした少女。

薄いピンクのロングヘアーが風に揺れている。

「あれが……歌竜ノエルバッツか」

外見は人間の少女そのものだが、額から生えた一本角と尻尾が、竜人族である何よりの証拠だ。

周りの兵士たちは、初めて見るその姿に困惑し、手にした剣の振るいどころに迷っている。

とてもじゃないが、一匹で戦局を覆せるだけの力を持った存在には見えない。

その能力は歌声で人を石像に変えてしまうという恐るべきもの。

騎士たちは自らを奮い立たせるため、ノエルバッツの脅威を頭の中で反芻《はんすう》していた。

危険な存在であることは重々承知している。だが、いざこうして対峙すると、そのあまりの幼さに、さっきまで滾《たぎ》っていた闘争心は急速に萎《な》えてしまった。

ノエルバッツは静かにメアへ語りかける。

「なぜ、あなたがこんなところにいるのですか？　それも、こんなにたくさんの人間たちを引き連れて……あなた、人間側についたのですか？」

「いろいろあってな……一時は心底人間という生き物を毛嫌いしていたが――今は守りたい人間ができた。役に立ちたいと思えるようになったのだ」

「そうですか」

感情のこもっていない平坦な喋り。ノエルバッツのふたつの瞳は、虚《うつ》ろで生気がない。

その様子を見て、メアは愕然《がくぜん》とした。そこにいるのは、約半世紀を共に過ごした親友とも呼ぶべきノエルバッツとかけ離れた存在だったからだ。

「一体……何があった！　あれほど人間を好いていたおまえが、なぜ石に変えるような真似をしたのだ！」

「教える必要はありません。ただ、私の邪魔をするというのなら容赦はしませんよ」

「容赦だと？　……我と戦う気なのか？」

少女たちが睨み合って獣のような唸り声をあげている——颯太以外の人間には、二人の姿がそう映っていた。ただ、言葉を理解できなくとも、険悪だというのは火を見るより明らかだ。

「あの二匹……やはり敵対しているのか？」

エレーヌがボソッと颯太に耳打ちをする。

「ノエルバッツの方は問答無用って感じですね」

「ならば……我々の出番は近いな」

鞘《さや》に収まった剣の柄《つか》に手を添えて、いつでも斬りかかれる体勢に移行するエレーヌ。彼女はたとえ相手が幼い少女の姿をしていても、容赦なく戦うつもりでいる。その闘志は兵士たちに伝播《でんぱ》したらしく、彼らも臨戦態勢を取った。

「ノエルバッツ！　我の話を聞け！」

メアはまだ説得を続けるつもりらしい。颯太はメアの判断を尊重し、剣を抜こうとするエレーヌの腕を掴んだ。

「待ってください。まだメアはノエルバッツを説得するつもりです」

その言葉に異を唱えたのはハドリーだった。

「バカを言うな、ソータ。相手に攻撃の意思があるのなら、石化する前にヤツを仕留める必要がある。決断が鈍《にぶ》れば全滅は避けられんぞ」

「ハドリーさん、もう少しだけ時間をください。お願いします」

「………」

指揮官であるハドリーは、これまでの経験から今仕掛けるべきだと決断を下そうとした――が、ちょうどその時、必死にノエルバッツへ何事かを訴えるメアの姿が目に入る。

「……もう少しだけ待つ」

これは賭けでもあった。

もし、ここで仕掛けたとしても、被害は決して軽くない。それどころか、下手をすると全滅だってあり得る。だが、メアの説得が成功に終われば誰も傷つかず、おまけにノエルバッツを仲間としてこちら側に引き入れられるかもしれない。

ハドリーは、ノエルバッツの討伐だけを目的にしているわけではない――石化したジェイクたちを元通りにさせることも作戦のうちに含めていた。

だが、これは成功の副産物として考えている。

親友であるジェイクを助けたいのは山々だが、それに囚われるあまり自分たちまで石化してしまったのでは本末転倒。指揮権を任せられている以上、私情を抑え、客観的に物事を捉えながら最良の判断を下さなければならない。

しかし、そうした観点でも、ハドリーは説得続行はやる価値があると考えた。

この判断に至ったのには、颯太の存在も大きい。

「ソータ、説得交渉が成功したか失敗したかの判断はおまえに任せる。おまえの裁量で構わないから、決裂したと思ったらすぐに知らせてくれ――ノエルバッツを仕留めるためにな」

「わかりました」

ドラゴンの言葉がわかる颯太がいれば、逐一《ちくいち》正確なドラゴンの状況を知ることが可能となる。これは非常に大きなアドバンテージであった。

そういったわけで、ハルヴァ・ソラン連合軍の次の動きは、颯太の一声で決まることになった。

人間たちが作戦を立てている最中、メアはノエルバッツの説得を続けている。

「おまえはソラン王国を支配するつもりなのか！」

「…………」

「答えよ！」

「……それを決めるのは私ではありません」

ノエルバッツの発言に、颯太は首を傾げた。

決めるのは私ではない――ということは、ジェイクたちを石にしたのは、誰かからの指示によるものだと言うのか。

それはつまり、黒幕は別にいるということ。

「おい、ソータ」

その時、ハドリーを背に乗せたイリウスが声をかけてきた。

「どうした、イリウス」

「あいつは――メアは気づいてねぇみたいだが……複数の人間の臭いがする。こちらに接近しているぞ」

「えっ？」

複数の人間が近づいてきている。

果たしてそれは偶然なのだろうか。いや、何かしらの意図を持った集団と考える方が自然だ。いずれにせよ、これは予期せぬ展開である。

だが、これで黒幕がいるという仮説は一気に信憑性を増した。

「ハドリーさん、イリウスがこちらに接近する複数の人間の臭いを探知したようです」

「っ！　まさか……あのノエルバッツは他国に属する竜人族なのか？」

「他国かどうかは……山賊の類とか？」

「国家レベルの力がなくちゃ、まず竜人族を引き入れることなどできないさ」

「じゃあ、おそらくそうだと思います。昨夜、マヒーリス分団の人たちを襲撃したのも――」

「何者かの指示を受けて、か」

人間が好きだったのに、ノエルバッツが人間へ攻撃を加えた理由。

それは、ノエルバッツ一人の意思ではなく、その背後に存在するもの――もしかしたら、国家レベルの巨大権力が関係しているからではないのか。

「王不在のソラン王国が他国から狙われるとは……魔物共がのさばるようになってからは各国が同盟一色となっているというのに、時代錯誤もはなはだしいぜ」

呆れたように、ハドリーが吐き捨てた。魔物という共通の敵を倒すために各国が協力関係を強めていく時代で、侵略行為などバカげている。

「だが、そうなってくると……こりゃ時間切れだな」

「そ、それじゃあ」

「攻撃はしない。一時撤退だ」

ハドリーが悔しそうに告げた。

複数という言葉には、非常に幅がある。二人でもそうだし、三十人いても複数だと言えるからだ。さしものイリウスでも、具体的な数までは把握できないでいた。

当初の目的はあくまでも戦闘ではなくノエルバッツの説得だったため、こちらの戦力は多くない。さらに相手がノエルバッツだけでないなら話が変わってくる。

「ノエルバッツ……もう、我らは昔のようには戻れないのか？」

「……それは無理です」

メアの説得の方も、雲行きが怪しくなってきていた。メアとしてはまだ納得がいっていないのだろうが、これ以上、この場に留まるわけにはいかない。

「メア！　一時撤退だ！　他の人間が迫ってきている！」

「なんだと！」

このタイミングで接近する人間がいる。その情報から、メアもノエルバッツが自分と同じように、他の国に力を貸していることを悟る。

「ようやく来ましたか。道にでも迷っていたのでしょうか……兵士と呼ぶには些《いささ》か頼りない人たちですね」

「っ！　やっぱりそうだったか」

ノエルバッツの言葉を受けて、颯太はハドリーの言っていた国家が黒幕である説が正しかったことを確信した。彼は慌ててハドリーに報告する。

「ハドリーさん、ノエルバッツの裏にはやはり他国がいます！　接近してきているのは兵士です！」

「よし、撤退を急げ！　増援が来る前に下がって態勢を立て直すぞ！」

にわかに騒がしくなり、撤退していく兵士たちの背を見送ったノエルバッツは、颯太に目を留めて訝しげな顔をする。

「……ひょっとして、あそこにいる人はもしや……」

「ああ――あのソータという男は、ドラゴンと話せるんだ」

「っ！　では、彼は……」

「そうだ。我らの父である竜王レグジートから、竜の言霊を授かったのだ」

去り際に、メアはそれだけ言い残した。

できるならもっとじっくり話し合いたいが、さすがにバックに人間が絡んでいるとなるとのんびりできない。それでもメアは、まだチャンスはあると前向きに考えて森をあとにした。


「街へ戻ったら近辺の警備を強化させる。それから、ハルヴァに使いを送って援軍を頼もう。今から出れば、明日の夜には到着するはずだ」

撤退中に、ハドリーは次の行動についてメンバーに通達する。相手がドラゴン一匹ではなく兵士を有するそれなりの戦力を持った相手ならば、こちらも相応の準備をしなければならないだろう。

「戦争になるのだろうか……」

ハルヴァ軍が用意した陸戦型ドラゴンに跨るエレーヌは、俯きながら言った。

竜人族のノエルバッツを率いてやってきた謎の国。魔物掃討のため、国際協力の風潮が強まっていることから考えると、ダステニアやペルゼミネのような大国の仕業ではない。ソラン王国と同等かそれ以下の規模の国が、領土拡大のために侵攻してきたと見るのが妥当だろう。

不気味なのは相手の戦力が未知数であること。

東方領を牛耳《ぎゅうじ》る大国のハルヴァでさえ、竜騎士団に所属する竜人族はメアを含めて二匹しかいない。それほど、竜人族が味方につくことは稀《まれ》なのだ。だが、敵は歌竜ノエルバッツを従えている。

「我らも行こう、ソータ」

メアは人間形態からドラゴンに変身し、颯太を背中に乗せて空へ舞い上がった。どんよりした空は、まるでメアの心情を映しだしているようである。

「ソータ……我はノエルバッツと戦う。今のヤツは、我の知るノエルバッツではなくなっていた」

「メア……」

メアの悲壮な決意を受け取った颯太は、己の非力を呪った。

それでも、戦場から退こうとは思わない。

「まだあきらめるには早いぞ、メア」

なぜなら、目の前にいる悲しそうなドラゴンを放ってはおけないから。

「ありがとう。だが、もう手遅れだ。今回、ヤツはおまえたち人間を襲わなかったが、次はきっとこちら側の兵士を一人残らず石像に変えてしまうだろう。ヤツとまともに戦えるのは我だけだ」

「たしかにそうだけど……それはメアの望んでいることではないだろ？」

「うむ……」

「仕切り直して対策を練ろう。きっと、いい案があるはずだ。最後まであきらめちゃダメだぞ」

「そうだな……」

具体策の提示は無理でも、せめて気持ちだけは明るく。

誰もが悲しまない選択肢はなんなのか。

メアの背中で揺れながら、颯太はソランの街へ着くまでずっと解決方法を模索していた。

◆ ◆ ◆

「みんな大丈夫かな……」

「心配しなくても平気よ。メアちゃんもいるしね」

ソランの街では、待機命令の出ていたブリギッテとキャロルが、街の中心にある守備隊の駐屯地で颯太たちの帰りをまだかまだかと待っていた。

初めて竜騎士団の遠征に帯同するキャロルはそわそわして落ち着きがないが、すでに何度も遠征を経験し、ハドリー分団の実力を知り尽くしているブリギッテは、優雅にお茶を飲んでいる。

そこへ、一人の男がひどく慌てた様子で駐屯地に駆け込んできた。

「た、大変だ！」

「鍛治屋のティムじゃないか。どうした？」

兵士の一人が男にたずねる。

「か、帰ってきたんだ！」

「帰ってきた？　誰がだ？　二年前に振られた彼女か？」

別の兵士がおどけた感じで笑いを誘い、周囲も「あっはっはっ！」と爆笑で応えた——しかし、事態はそんな冗談では済まされない深刻なものであった。

「ち、違う！　違うんだよ！」

最初は軽々しい空気であったが、男の鬼気迫る形相を見た兵士たちは笑顔から一転し、気を引き締めて男へ質問する。

「誰が……帰ってきたんだ？」

「この国を見捨てて逃げだした——前国王のブランドン・ピースレイクだ！」

「ブランドンだと！」

その場は一瞬にして騒然となり、人々の顔色から血の気が失せた。

「バカな……今さら何をしに来たというのだ！」

兵士の一人が慌てて外へと出る。

それを皮切りにして、待機していた兵士や人々が入国審査場に続々と集まってきた。

その視線の先にいたのは——

「長らく待たせたな、愚民共！　偉大な国王様の帰還だ！」

門の前に、数十人の屈強な兵士たちを引き連れて現れた男。

ブランドン・ピースレイク――ソラン王国を統《す》べる国王だった男だ。

ボサボサに伸びた長い髪に蓄えられた無精髭《ぶしょうひげ》。出来損ないの山賊みたいな容姿は、元とはいえ、とても一国の王とは思えないみすぼらしさである。

「こ、国王陛下……」

突然の前王の帰還。その事実を前に、親衛隊消滅後に守備隊へ加入した若い兵士たちは対応に困っていた。目の前の男はたしかに元国王だが、魔物と戦わず、多数の兵士を率いて逃亡しているのだ。国民の心情を考慮すれば、このますんなりとこの男を国内へ入れるわけにはいかなかった。

一人の兵士が、一歩前へ出る。

「今さら何をしに来た？」

その兵士の名はドルー・デノーフィア。

元ソラン王国親衛隊の一員であり、今は守備隊長であるエレーヌを支える白髪混じりの老兵だ。老いているとはいっても、その頑強な肉体は若い兵士を相手にしても見劣りせず、守備隊の実質的な副隊長と呼べる位置づけの人物である。

そんな強者を前にしても、前国王のブランドンはヘラヘラといやらしく笑っている。

「おいおいドルーよ。しばらく会わないうちに敬語の使い方を忘れちまったのかよ。まだボケるには早いんじゃないか？　あぁ？」

「ボケているのはそちらだろう。ここをどこだと思っている？　おまえがその薄汚い命欲しさに見捨てたソラン王国だぞ？」

「……なんだと？」

眉間にしわを寄せ、不快感を出すブランドン。だが、ドルーの意見は現ソラン王国守備隊全員の本音でもあった。もはや誰も、元国王の復帰など望んでいないのだ。

「今この国の民たちを導いているのはエレーヌ・ラブレーだ。彼女がこの国を正しい姿へと変えてくれる。ワシらは皆そう思って、彼女のもとへ集まっておるのだ」

「エレーヌ？　……ああ、ゲイルの腰巾着《こしぎんちゃく》だったあの女騎士か。融通の利かねぇ、がさつな女だったが、見てくれと体だけは良かったな」

「！」

エレーヌをバカにするような発言に、ドルーのコメカミがピクリと動く。

「……いいだろう。俺様が不在の間に国をまとめていたその褒美として、俺様の第一夫人として娶《めと》るとしよう。気の強いあの女騎士がどんな声で喘《あえ》ぐのか……今から楽しみだぜ」

下卑《げび》た笑みを浮かべながら舌なめずりするブランドン。

「貴様っ！」

その言動は、ドルーだけでなく、すべての兵士たちの逆鱗に触れた。

王が逃げだし、ゲイルが死に、焦土と化したこの地をここまで復活させたのは、他の誰でもない、エレーヌ・ラブレーの功績である。

彼女の微笑みに、国民は癒された。

彼女の頑張りに、国民は励まされた。

彼女の勇猛さに、国民は勇気づけられた。

ハルヴァへの救援要請や新生王国守備隊の結成など、語りだしたら一日以上はかかる彼女のひたむきな努力と誠実な心は、今や一人の男によって踏みにじられようとしている。

「この国はエレーヌ・ラブレーの手によって生まれ変わるのだ！　悪しき風習をありがたがっていた前王政を取り壊そうとした偉大な英雄――ゲイル・ピースレイク様の遺志を引き継いでな！」

「愚弟の遺志など知るか！　この国は兄である俺様のモノだ！　誰がなんと言おうが、俺様がこの国の王なんだよ！」

「人の価値は生まれの早さで決まるのではない！　何を成したかで決まるのだ！　ゲイル様は命を賭《と》して民を守ろうとした。それに対して、おまえは一体何をしたと言うんだ！」

「黙れ！　王であるこの俺様が、なぜ民のために苦しまなければならんのだ！　民とは王の豊かな生活を死守するために存在しているんだよ！」

ブランドンの語る王国の在り方は、幼稚で聞くにたえないモノだった。たちが悪いのは、本人は至って大真面目にそうなのだと信じ切っている点。彼にとって、国民とは無条件で王に尽くすものであり、王はその奉仕の上であぐらをかいているもの。

民の生活と安全を第一に考えていた弟のゲイル。

ゲイルとは正反対に歪んだ国王像を持つ兄のブランドン。

同じ教育を受けてきたはずなのに、二人が描いた王国の未来像は悲しいくらいすれ違っていた。

「おのれ……この痴《し》れ者が！」

ドルーは剣を抜いた。

「やろうってのか？　おもしろい——おまえら、相手をしてやれ」

ブランドンが言うと、彼の背後にいた数十人の男たちが武器を構える。元親衛隊のメンバーもいれば、山賊や海賊といった類の連中もいるようだ。

「ふん！　その程度の戦力で我らと戦おうというのか！」

「強がるなよ、ドルー。どうせこの国にはもうほとんど兵士がいねぇんだろ？」

「それでも、貴様を討《う》ち取るには十分だ。それに、ソラン王国はハルヴァァと同盟関係にある。彼らも手を貸してくれるはずだ」

「はっはっはっ！　無知とは罪だなぁ、ドルーよ——街外れにある森で石像を見なかったのか？」

「石像だと？」

なぜ、この男が石像の件を知っているのか。

そこはかとない不安がドルーの胸をよぎる。

「あいつらはハルヴァァの兵士だったらしいなぁ……立派な竜騎士殿も、我らに味方する竜人族のノエルバッツには敵《かな》わず、あえなく惨《みじ》めな石像となってしまった」

オーバーアクションで泣きマネをするブランドンと、薄気味悪くニヤつく取り巻きの男たち。

「竜人族が貴様らに？　……ハッタリだ！」

「だったらそう思ってろよ――ただ、あとでこの俺様に土下座して許しを請《こ》わなかったことを後悔するのはおまえだぞ、ドルー」

「何っ！」

「貴様には最高の死をくれてやる。大切な部下や愛する家族が蹂躙《じゅうりん》されていく様子を延々と拝ませてやるぜ」

「ぐっ……」

ドルーは怯む。老い先短い自分ならば、どのような責め苦を受けても平気だが、まだ若い自分の部下や、家族にまで危険が及ぶとなったら話は別だ。ブランドンへ向けた切っ先は、今やその心境を映しだしているかのように左右へ小刻みに揺れ動いていた。

「ブランドン様」

膠着《こうちゃく》状態が続く中、ブランドンの手下が何やら耳打ちで報告している。それを受けたブランドンはひとつため息をついた。

「運がいいな、貴様ら。ここは見逃してやろう」

「ど、どういうことだ！」

「今この場では殺さないってだけだ。久しぶりに城のベッドで寝たくなってな。それに、この場にはそのエレーヌがいないときている――ただ、明日は違う。エレーヌがここへ戻ってきたら容赦なく攻め落とすからな」

「貴様ぁ……」

「石になるのが嫌なら、せいぜいエレーヌを説得することだ。素っ裸で城の前に突っ立っていろってな。そうしたら……喜べ、おまえたちの寿命が延びるぞ。何せ、その日は忙しくってまともに指揮を執れないだろうからなぁ……ぐへへ」

最後の最後までエレーヌを侮辱《ぶじょく》し、「ぶわっはっはっはっはっ！」と高笑いをして、ブランドンは兵を率いて去っていった。

「……噂以上の最低野郎ね」

騒ぎを聞いてかけつけたブリギッテは憤怒していた。ブランドンの所業は人づてに聞いていたが、まさかそんな外道がいるなんてと信じていなかったのだ。しかしこうして実物を目の当たりにすると、さすがは国を裏切った王だけはあると、変な感心をしてしまうほどである。

「ほ、本当に、あの人がソラン王国の国王に？」

ブリギッテの隣にいたキャロルが不安そうな声を出す。王に戻ったブランドンが国政を取り仕切ることで生まれる悲劇――それは、まだ政治経済に疎《うと》い十五歳のキャロルでも容易に想像ができた。

「本人は返り咲く気満々みたいね。なんだか妙に強気だし。それもこれも、歌竜がいるからなんでしょうけど」

竜医として、これまで多くのドラゴンと関わってきたブリギッテには、なぜノエルバッツがブランドンたちに味方するのかが解《げ》せないでいた。いわゆる戦闘狂で、常に戦いを求めているような性格なら、あるいはブランドンと馬が合うのかもしれないが。

「とにかく、今はソータたちの帰りを待つしかなさそうね」

「はい……」

橙《だいだい》色に染まり始めた空を眺めて、二人は颯太たちの帰還を待つ。

◆　◆　◆

「なんだ、これは！」

旧ソラン城へたどり着いたブランドンは怒声をあげた。

城門には入城を阻むように巨大な墓石が置かれ、そこには「国民が愛した真実の王——ゲイル・ピースレイク、ここに眠る」と刻まれている。それが彼の怒りを買ったのである。

「ゲイルが真の王だと……ふざけやがって！　俺様こそがこの国の王なんだ！」

供《そな》えられた花束や装飾品を乱暴に蹴り上げ、踏み抜き、バラバラにすると、荒れた呼吸を整えるために動きが止まる。その頃合いを見計らって、側近の人間がブランドンに報告した。

「ブランドン様、ノエルバッツを連れた別動隊が帰還しました」

「ようやく来たか……呼べ」

荒々しく肩で息をして、秘密兵器を呼び寄せるブランドン。

呼ばれてやってきたノエルバッツだが、彼女は人の言葉を話せない。そのため、代わりに、世話役を任されている若い兵士が報告する。

「ただいま戻りました。早速報告をします」

「おう。新しいハルヴァの兵士は全員ぶっ殺したか？」

「そ、それが、向こうにも竜人族がいたので手が出せませんでした」

「ちっ、ハルヴァの連中め。随分と用意周到じゃねぇか……まあいい。明朝、もう一度街へ行く。その時はおまえもついてこい。逆らうヤツらは全員石に変えて湖に沈めてやる」

ブランドンは、街を支配して正式に王座へ返り咲いた際には、ノエルバッツを中心に軍を編成し、東の大国であるハルヴァへ全面戦争を仕掛けるつもりでいた。ハルヴァとの戦争はソラン王国による世界統一に向けての足掛かりだと、ブランドンは捉えていたのだ。

しかし、四大国家のひとつであるハルヴァに対して、ソランの兵力は圧倒的に劣る。なおかつ切り札である竜人族が一匹だけという戦力では敗戦濃厚だ。

それでいて、ブランドンがハルヴァに勝てる気になっているのは、単純に彼が人の上に立つ者として致命的なまでに無能であるからだった。

彼の周囲にいる幹部連中も、兵としての訓練はバッチリこなしているが、こと政治分野についてはまったくの素人であり、誰もブランドンへ忠告や助言を送れなかったという点も彼を勘違いさせた要因のひとつである。

おそらく、このまま全面戦争に発展したとしても、ハルヴァは負けないだろう。竜人族がいる以上、無血での終戦は難しいだろうが、ノエルバッツの能力については、すでに伝令がハルヴァへ向けて発《た》っているため、対策が練られるのも時間の問題だ。

自身への包囲網が狭まっていることなど露知らず、ブランドンはあり得ない世界征服のシナリオに酔いしれる。

明日の朝、手始めにエレーヌ・ラブレーとハルヴァの竜人族をこちら側へ引き入れ、逆らう者たちを盛大に処刑してやる。愚弟のゲイルを英雄と崇《あが》める愚民たちに、誰が本当の王であるかわからせてやろう。

ニタニタと下品な顔つきで妄想にふけるブランドンを横目に、歌竜ノエルバッツは月を見上げた。

あの頃――まだ、メアンガルドと一緒に生活していた頃とまったく変わらない月。けれども二人の関係は絶望的なまでに変化してしまった。

明日、もしかしたらあのメアンガルドと戦わないといけないかもしれない。

本音を吐露《とろ》すれば、それだけはどうしても避けたかった。あんなに冷たくあしらっても、自分を説得しようと必死になるメアンガルドの顔がこびりついて頭から離れない。周りにいた人間たちを心から信頼しているからこそ、あんなふうに自分を説得してきたのだろう。

それはまさに、かつてノエルバッツが望んでいた、人間とドラゴンの理想的な関係に他ならない。

「メアンガルド……」

誰もいないソラン城の城門付近で、ノエルバッツは音もなく涙を流した。

◆　◆　◆

「ブランドンが帰ってきただと！」

森から帰還した颯太たちは、ドルーからブランドン・ピースレイクの帰還と、王政の復活を宣言したことを告げられた。一番ショックを受けていたのはやはりエレーヌで、報告を聞いてからしばらくの間は呆然としていた。

「ヤツが戻ってきたのか……おまけにノエルバッツを従えているとなると、一筋縄ではいきそうにないな」

ハドリーも顔をしかめる。他国からの侵攻ではなく、元王が王座を取り戻しにやってきたというのは、完全に予想外であった。

明日の朝、大軍を率いて乗り込んでくるブランドンをどう迎え撃つのか。作戦会議の要《かなめ》はそこだ。

ちなみに、ハルヴァからの援軍はまだ見込めない。

もし、ハルヴァに以前から属するという竜人族がかけつけてくれたら戦況は一気にこちらが有利となるが、ブロドリック国防大臣がそんな大胆な采配をするとは思えなかった。用心深く、保守的な考えで今の地位を築いた彼は、戦力を国内に温存させておきたいだろうから、寄越すとしても陸戦型ドラゴンを中心に編成された機動力の低い竜騎士隊だろう。

ハドリーは大きく息を吐いてから口を開いた。

「援軍がこちらに到着するのは、おそらく明日の昼以降になるだろう。間に合いそうにないな」

その言葉を聞いたエレーヌの提案により、まずは国民に避難を呼びかけることになった。

非戦闘要員の若い男性は、各々武器を手にして女性や子どもが避難している駐屯地や宿屋を警護。イリウスを含む全陸戦型ドラゴンの配備も終了。

これで、今できる最善のブランドン軍迎撃態勢は整った。

慌ただしく準備に追われているうちに、辺りは真っ暗となっていた。

交代で寝ずの見張りを行う守備隊の面々は、滾《たぎ》る闘志を胸に秘め、奇襲が来ても問題ないよう、細心の注意を払って警備にあたる。

駐屯地では、颯太とエレーヌとハドリーの計三人が待機していた。キャロルとブリギッテは奥の部屋のベッドで睡眠中だが、いつ敵が襲ってきてもいいように寝間着ではなく、普段着のまま寝ている。メアはドラゴンの姿に変身し、外で夜空を眺めていた。

「夜明けまであと少しだな……」

ハドリーが確認するように言う。

夜明けは開戦の合図でもある。

つまり、決戦の時はもう目前に迫っている——ということだ。

颯太は無言のまま外に出て、メアのもとへ。

「メア……寝ないで大丈夫か？」

「ソータはどうなのだ？」

「俺は大丈夫。徹夜は慣れているし、それにもう夜明けだ。今から寝ていたら逆に辛くなる」

「それもそうだな」

「メア……もし、戦場にノエルバッツが出てきたら——」

「ああ、わかっている」

わかっている。

果たして、それは「戦う」か「説得」か。

颯太としては後者を選択したいが、戦況によっては前者を選ばざるを得ないだろう。

そこで一人と一匹の会話は途切れたが、颯太がメアから離れることはなかった。下手な慰めの言葉よりも、目の届く場所で一緒にいてやる。

それが、今、自分がメアにしてやれることだと、颯太は思った。

◆　◆　◆

旧ソラン城近く――ベリアム湖周辺。

ノエルバッツは、ドラゴンの姿でかれこれ数時間湖を見つめていた。

特に意味のある行動ではない。ただそうしたかったから、黙って湖を眺めているだけだ。湖畔はまるで時が止まったかのような静寂に支配されている。

「眠れないのかい？」

そこに、一人の兵士がやってきた。

まだ若い彼の名はパウル・フックス。

元親衛隊の中では一番年下で、そのせいもあってか、ブランドンと一緒に逃亡してからは周りの兵士たちに雑用係にされることがほとんどだった。

最近は竜人族ノエルバッツの世話係を押しつけられ、毎日食い殺されないかとビクビクしながら任務に当たっていた。人間の言葉を話せないノエルバッツに代わって、森でのメアたちとの一件をブランドンに報告したのも彼だ。

ただ、着任当初こそ怯えていたが、付き合いを続けているうちにノエルバッツが好戦的な性格でないと知ると、こうやって積極的に話しかけるようになった。人間状態のノエルバッツが着ている服も、パウルが街で調達してきたものだ。

「森にいた、ハルヴァ軍の竜人族は君の知り合いかい？　随分熱心に話し込んでいたようだけど」

「…………」

ノエルバッツは答えない。というより、パウルの存在自体に無関心というか、まったく相手にしていない様子だ。そもそも、ノエルバッツが懇切丁寧に説明したところで、言葉のわからないパウルは何ひとつ理解することはできないのだが。

――それでも、パウルはめげず、ノエルバッツに話しかける。

「あ、えっと、その、さ……よ、夜更かしは体に毒だよ？」

それでも反応が返ってこないと、パウルは手近にあった岩へと腰を下ろした。

パウル・フックスは、決して悪い人間ではない。

まだ若かった彼は魔物との戦いに怖気《おじけ》づいてしまい、兵士でありながら城の武器庫に隠れてその場をやり過ごそうとした。命を惜しむことは罪ではない。だが、彼の職業上、なりふり構わず己を最優先するという姿勢はあまり好ましくなかったと言える。

しかし、戦おうにも魔物側の勢いは衰えず、とうとう城内へも侵入してきた。

その際、国王であるブランドンの「逃げるぞ！」という指示に乗り、国民を見捨ててそのまま放浪することになったのである。

彼はその時のことを深く悔いていた。

なぜ、あの時の自分は武器を手に取り、民を守るため勇ましく立ち上がれなかったのか、と。

そんな気弱で臆病な彼が親衛隊に入った一番の理由は、ゲイル・ピースレイクの姿に憧れたからだった。優しくて、頼りになって、誰からも愛される。まさに、ゲイルはパウルが描く理想の英雄像そのものであった。

親衛隊の入隊テストを受けた際には、ゲイル本人から声をかけてもらったこともある。

「いい太刀筋だ。もっと訓練を積めば、きっといい騎士になれるぞ。頑張れよ」

それが嬉しすぎて、パウルはその日一睡もできなかったくらいだ。この言葉を胸に、日々の厳しい訓練に耐え、一年後に晴れて正式な親衛隊の一員になったのである。

――それがどうだ。今の自分は英雄どころか、国民たちから恨まれる裏切り者だ。

パウルはそう自嘲することもあったが、それでも彼の心はブランドンや他の兵士たちのように、腐りきってはいなかった。

ノエルバッツに対するブランドンの態度についても、口にはしないが憤《いきどお》りを感じていた。

たとえ恐るべき能力を有した竜人族とはいえ、幼い少女の姿をしたノエルバッツが戦うのに、パウルは否定的である。

だが、そのことをブランドンに訴えることはできない。

異を唱えた時点で、「国家反逆罪」とみなされ、その場で処刑されるだろうから。

パウルは、ノエルバッツを救う方法を知っている。

それはブランドンからきつく口止めされているある事実を、ノエルバッツに知らせることであった。

それを告げれば、ノエルバッツはすぐさまこちらを裏切るだろう。そうなれば、次に石となるのは自分たちの方だ。石像と化した未来の自分を想像して、身震いがした。

パウルは、こんな自分が心底嫌いだった。

逃げだしたことをあれだけ後悔しておきながら、今も自分の命惜しさにノエルバッツへ真実を告げないでいる。体は強くなっても、心の強さまでは変わらなかった。いっそのこと、身も心も悪一色に染まってしまった方がずっと楽だろうに。

結局、パウルは何も言いだせないまま、ノエルバッツを置いて城へと戻っていく。

その足取りはひどく重かった。

◆　◆　◆

夜の暗闇に朝霧の白が混じって、徐々に世界を明るく照らしだす。

敵の襲撃に備えるエレーヌの瞳は、わずかに充血していた。昨夜は奇襲に備えてほとんど睡眠が取れなかったということもあるが、何より彼女は不安で眠れなかったのである。

「ゲイル様……私たちをお守りください」

鎧に括りつけた小さな紙製の人形。それはかつての上司であるゲイル・ピースレイクから贈られれた。


たものだった。

瞼を閉じれば思い出す。

そういえば、昔の自分はよく怪我をしていた。そのたびに、ゲイルはいつも自分を心配してくれた。

『なんだ、また怪我をしたのか、エレーヌ。大丈夫なのか？』

『も、申し訳ありません。ですが、大したことのない傷ですし、もう治療も済んでいます』

『そうか。しかし、怪我が多いのはどうにも――そうだ、これをやろう』

ゲイルが差し出したものは、紙で作られた小さな人形であった。

『……これはなんでしょうか？』

『お守りの身代わり人形だ。これからはそいつがおまえを守ってくれる。俺が念を込めて作ったから効果は抜群！　……たぶん』

『げ、ゲイル様が作った人形ですか！　あ、ああ、ありがとうございます！　一生大切にします！』

『おぉ？　みんな見ろよ！　あのエレーヌ嬢が顔を赤くしてやがるぞ！　まるで恋する乙女だ！

こりゃあ明日は大雪になるな！』

周りの騎士たちの声を受けて、エレーヌの顔はさらに真っ赤に染まる。

『か、からかうんじゃない！』

『うおっ！　エレーヌがキレたぞ！　みんな逃げろ！』

『待ちなさい！』

『おいおい。怪我しているのに、そんなにはしゃぐんじゃない』

ゲイルから優しくされて、それを周りから冷やかされる。

紙人形を指で撫でながら、それほど遠くない過去に思いを馳せる。

「懐かしいな……」

すべてを奪ったのは魔物だが、王の務めを果たさずに逃げだしたブランドンは許せなかった。

命を懸けて国を守る覚悟もないくせに王となったブランドン。ただ彼が欲していたのは、地位と名誉と使い勝手のいい国民という名の奴隷。ブランドンにとって、王という役職は欲したものを手に入れるための肩書にすぎなかった。

魔物の襲撃を、被害ゼロで乗り切ることは不可能だったろう。

それでも、ブランドンが一国の王らしい振る舞いをしていれば、親衛隊長であったゲイルはもっと力を発揮でき、被害を最小限に抑えられたかもしれない。

たらればを語ればキリがないことくらいわかる。

わかっていても、エレーヌは「もしも」の世界を夢見ずにはいられない。

もしも——この場にゲイルがいたらどうするだろう。

自分は側近として、共に戦う。そして相手に竜人族がいようが、関係なく斬り捨てようとしたに違いない。

ゲイルが先頭で自分たちを引っ張っていってくれるから、迷いなく剣を振るえた。

それが今、自分自身がゲイルの立場になってみて痛感する。

重圧、緊張、恐怖……

常に気の緩みを許されず、兵士たちを殺さずに勝利を収める。なんと困難な条件なのだろう。

「ゲイル様は……いつもこんな気持ちだったのか」

胸が張り裂けそうになる。自分はもっとゲイルのために何かできたんじゃないのか。ただ共に戦うだけではなく、もっと、精神面での支えになる役目を担うべきではなかったのか。

後悔の螺旋《らせん》に沈みゆくさなか、なんとか這い上がろうともがく。

だが、時間は待ってはくれない。

やがて、眩《まばゆ》い朝陽が大地を照らしだした。

それぞれの思いが走る夜が明ける。

決戦の朝がやってきた。

◆　◆　◆

「野郎共、用意はいいな？」

愛馬に跨り、先頭で指揮を執るブランドンの呼びかけに、地鳴りのような低い声で応える兵士たち。

「数ではこちらが圧倒しているんだ！　派手に暴れろ！　殺した人数がもっとも多いヤツには新生ソラン王国の親衛隊幹部の座を約束してやる！」

ほとんどが貧困層の出身である元親衛隊以外の面子は、ブランドンの言葉を信じて成り上がってやろうと野心に燃えていた。

そんな中、元親衛隊員のパウルは浮かない顔をしている。

原因はドラゴンの姿になって上空を舞うノエルバッツ——そして、今の自分自身の行動にあった。

ここで守備隊とハルヴァの連合軍相手に剣を交えれば、二度とあちら側へは戻れないだろう。勝敗がどうであれ、一生ブランドンの配下として過ごさなければならない——そんな未来はごめんだ。

「なんとかしないと……」

小さく、しかしハッキリと口に出したのは決意の表れ。パウルはこれまでの愚行を清算する覚悟を決めて、ブランドンたちと一緒に進軍する。

◆　◆　◆

ソランの街では、リンスウッド分団と守備隊が守りを固めていた。

旧ソラン城から現在のソランの街までは一本道。仕掛けてくる場所も容易に見当がついたため、思いのほか余裕を持って準備ができた。

それでも、実戦経験の乏しい守備隊の兵士たちは緊張の面持ち。まだ少し肌寒い朝風の中にありながら、額に汗をかいていた。

対照的に、リンスウッド分団の面々は余裕綽々《よゆうしゃくしゃく》といった感じだ。だが、決して油断しているわけではなく、リラックスしながらも引き締まった雰囲気を醸《かも》しだしていた。

メアと颯太も、ノエルバッツの最終説得と、それに失敗した先にある戦闘に向けて準備をする。

本来は非戦闘要員である颯太だが、メアの角に命綱を括りつけ、戦場へ出ることを志願した。

理由はふたつ。

ひとつはメアと竜騎士団の通訳係をやるため。もうひとつは、最悪の事態に陥った場合、メアを精神的に支えるためである。

「これでよし」

命綱がほどけないか確認をして、颯太は背を伸ばす。その下では、颯太の戦場入りに最後まで反対していたブリギッテとキャロルが心配そうに見上げていた。

キャロルは最初、泣きそうな顔をして反対したが、メアの希望を叶えるためだと言うと、最後には「頑張ってください！」と応援してくれた。ブリギッテは「私の専門はドラゴンだから落ちて大怪我しても助けてあげられないからね」と釘を刺しつつも、颯太の気持ちを汲む。

「メアンガルド！　おまえの働きに期待しているぞ！」

そう叫んだのはハドリーだった。事前の打ち合わせで、説得にしろ戦闘にしろ、歌竜ノエルバッツの対処はメアに委《ゆだ》ねると明言していたため、その激励だろう。ドラゴン形態のメアはそれに対して勇ましく吠えることで返事をした。

「ははっ、今のはドラゴンの言葉がわからない俺でも理解できたぜ。『任せておけ！』って言ったんだろ？」

嬉しそうにメアの足をバシバシ叩くハドリー。

イリウスに乗るハドリーは、続いてエレーヌのもとへ行って声をかける。

「報告から見立てるに、相手の数はおよそ七十から八十か……単純な兵数勝負では総勢三十五人のこちらはボロ負けだな、エレーヌ」

「数で勝っていても質は下の下。それを知らしめてやりましょう、ハドリー分団長殿！」

「威勢がいいな――むろん、そのつもりだ。戦いの作法も知らん外道共に、その身でわからせてやるとするか」

二人の会話に触発されて、イリウスも興奮気味に吠えるのが、颯太の耳に入ってきた。

「へへへ、そうこなくっちゃよ！　いよっしゃあ！　ひっさびさに大暴れしてやるぜい！　さっさと来やがれ！」

他の竜騎士たちの士気も高まっている。

そして――

「来ました！」

兵士の一人が叫んだ。

見ると、遠方で怒声をまとった砂煙が舞い上がっている。全兵力をここへ投じてきたようだ。

「……普通にこちらへ進撃してきますね」

「互いに竜人族がいるとはいえ、こちらには他にも陸戦型のドラゴンがいるっていうのに……」

「一戦交えようとしている指揮官が下す指示とは到底思えませんね」

あきれたように言い放つエレーヌ。ハドリーもまったく同意見だった。

「人を束ねる資質はすべて弟のゲイルに振り分けられちまったようだな。まあ、小細工を要せずに真正面から突っ込んで来るってバカ正直さにはちょっと好感が持てるが」

ここまで無能だと、逆に何か裏があるんじゃないかと勘繰ってしまうが、ブランドンの場合はそんな器用なマネなどできないと知れ渡っているので、単純に「倒しやすい敵」扱いだ。

ただ、事はそう簡単に運ばない。もっとも危惧《きぐ》すべき存在が、空からこちらを見下ろしている。

「やはりノエルバッツも連れてきたか。問題はあいつだけだな」

ハドリーがつぶやく。敵軍の接近に伴い、いよいよ連合軍側も戦闘態勢へと移行した。

「ソータ！　メア！　ノエルバッツはおまえたちに任せるぞ！」

「はい！　――行こう、メア！」

颯太の合図で、メアは大きく翼を広げて飛び立った。

それに気づいたノエルバッツは、一気に加速してこちらとの距離を詰める。激突寸前まで近づき、ギリギリで旋回。振り落とされないようつかまる颯太も必死だ。

大空を舞う二体のドラゴンは再び距離を縮める。

「ノエルバッツ！」

スピードは互角と思われたが、戦闘技術——特に接近戦についてはメアの方がずっと上回っていた。流れるようにノエルバッツの背後を奪うと、羽交い締めにして動きを封じる。そのまま二匹が初めて遭遇したあの森へと落下していき、地面と衝突した際には、メアがノエルバッツを押し潰す格好になっていた。これで、「歌」以外の反撃は防げる。

「おまえはどうして我と戦う道を選んだのだ！」

「そ、それは、私の気持ちが変わったから。ブランドン・ピースレイクこそが、この国の王に相応しい……と……」

メアを振り解こうと暴れながら、ノエルバッツは涙を流していた。

肯定していても、やはり本心ではあの男を否定している。

肯定しなければならない理由があるのだ。

友であるメアと戦うことになったとしても。

「本心を言え、ノエルバッツ！　我はおまえの力となる！　いや、我だけではない！　ここにいるソータを含め、ハルヴァの人々は我らドラゴンの力になってくれる！」

「メアンガルド……私は……」

「これだけの至近距離にありながら、おまえが歌で我らを石化しないのは、期待しているからじゃないのか！　心の底では、我らに助けを求めているからじゃないのか！」

「！」

「頼む、ノエルバッツ……我らと来い。ハルヴァには、おまえの理想とした世界がある。そこで我も変われた。忌むべき存在と毛嫌いしていた人間と共に暮らしていく道を選べた。おまえにだって、それができるはずだ」

「そうだ！　俺たちと来い、ノエルバッツ！」

差し伸べた手を、しかしノエルバッツは握ろうとしない。

だが、確実にその心は揺れ動いている。

それでもノエルバッツが拒む――考えられるのはただひとつ。

何か、弱みを握られている？

ブランドンに逆らえない理由があるのではないか。そうでなければ、メアの語ったかつてのノエルバッツの性格からして、あそこまで葛藤するはずがない。

「ノエルバッツ……もしかして、君は脅されているんじゃないのか？」

「っ！」

わかりやすくノエルバッツの顔つきが変化した。根が正直者なのだろう。

「そうなのか、ノエルバッツ」

「そ、そんなことは……」

「何をネタに脅されているんだ？　言ってくれ。俺たちが解決してみせる」

「うぅ……っ！」

ドン、と。

ノエルバッツがメアを突き飛ばした。その衝撃で命綱がほどけ、颯太はメアの頭から吹っ飛ばされて大木にその身を強く打ちつけてしまう。

「ソータ！」

「だ、大丈夫……」

ぐったりとしているが、意識はある。メアはホッとすると同時に、これまでだと悟った。やはり戦うしかない。全身から冷気を生み出し、ノエルバッツを氷漬けにするしかないと決めたが……

「メア……ダメだ。あの子は助けられる」

「そ、ソータ……しかし」

「あの子は苦しんでいる。無理矢理戦わされているんだ。その原因がわかれば、まだ……」

「そうは言うが――っ！」

その瞬間、何かを察知したメアが勢いよく振り返った。

ノエルバッツが大きく口を開けて、メアに狙いを定めている。

歌が——来る。

「ソータ！　耳を塞げ！」

メアがその巨体で颯太を包むように覆いかぶさった次の瞬間。

「————♪」

その歌声は、震動となって颯太を襲う。

だが、全身で自分を守ってくれているメアのおかげで、直接的なダメージはほとんどなかった。

強い耳鳴りがあって、頭が破裂しそうなほどの頭痛も起きたが、やがて歌声が聴こえなくなると同時に、それらの症状も消え去っていく。

颯太へのダメージは最小限に抑えられた。しかし……

「め、メア！」

メアの翼は石化していた。さらに全身も徐々に石化していき、メアは苦悶の表情を浮かべる。

「メア！　メア！」

「ふっ……そんなに情けない顔をするな……あとを託し辛くなるじゃないか……」

体の自由が奪われ、苦しいはずなのに、颯太を心配させまいとニッと微笑んでみせるメア。だが、石化は止まらず、着実にその巨体を蝕んでいく。

「信じているぞ、ソータ……我をあの洞窟から救ってくれたおま……え……の——」

颯太への言葉の途中で、メアは完全に石化してしまった。それを見届けてから、ノエルバッツは

「さようなら」とつぶやき、翼を広げて大空へと羽ばたいていく。

「メア……そんな……」

颯太は膝から崩れ落ち、自分を責める。

自分がノエルバッツの説得にこだわりすぎたせいで、メアが石化してしまったのだ。ノエルバッツを救うと言っても、いざ戦闘になったら自分はただの足手まとい。それを忘れて戦場に出てきたことがそもそもの間違いだったのではないか。

石化したメアの足にすがりながら、後悔の念に押し潰されそうになった。心が擦り減って、挫けそうになる。

おもむろに顔を上げると、石化したメアと目が合った。こうして、じっくり見ると、その表情は父であるレグジートによく似ている。

「レグジートさん……」

颯太はそっと自分の胸に手を当てた。

竜王レグジートから渡された竜の言霊。自分の生き方を変えるきっかけを与えてくれたあの力。

「…………」

颯太はグッと下唇を噛んで、両頬をバチンと力いっぱい叩く。

もう、苦しむまま過ごす日々は繰り返さない。

足掻《あが》いて足掻いて、最後まであきらめない。

それに、メアだって「あとを託す」と言ってくれたじゃないか。

颯太は立ち上がった。二本の足で、しっかりと大地を踏みしめて、前を向いて歩き始める――ノエルバッツと会うために。

「行ってくるよ」

石化したメアへ言葉を残し、ソランの街へ向けて歩きだした――と、その時。

「くそっ！　なんてことだ！　間に合わなかったなんて！」

茂みから、一人の兵士が飛び出してきた。

颯太は知る由もないが、その兵士はノエルバッツの世話係、パウル・フックスだった。

「くっ！」

現れた兵士がブランドン側の人間であることは、装備を見れば一目瞭然《いちもくりょうぜん》。颯太は念のためにと渡された護身用の剣を構える。せっかく決意を固めたというのに、ここで殺されてしまってはすべてが水泡に帰す。何がなんでも、ここは生き抜かなくては。そのためには目の前にいる相手と戦うくらいの覚悟を持たないといけない。

ところが、敵兵――パウルは予期せぬ行動に出た。

「待ってください！　僕はあなたと戦うつもりはありません！　話を聞いてください！」

手にしていた武器を投げ捨てると、両手を挙げて白旗宣言。その突飛な行動に、颯太は思わず構えていた剣を下ろした。

「話っていうのは……」

「ノエルバッツはどこへ行ったか知りませんか？　まだこの辺りに？」

「たぶん……ソランの街へ戻ったんじゃないかな」

「……！　やっぱり、入れ違いになったか……申し遅れました。僕の名前はパウル・フックス。ブランドンの配下で、国を捨てた最低な騎士ですが……罪を償《つぐな》いたくてノエルバッツを追っています。あなたは、ハルヴァ国の騎士ですか？」

「ハルヴァの関係者だけど、騎士じゃない。俺はリンスウッド・ファームのオーナーをしている高峰颯太だ」

「そうでしたか……」

パウルは俯き、拳を握る。自分の決断が遅れたせいだ。昨夜の段階で、事実をありのまま話し、自分ごとブランドンたちを石化させておけばよかったのに。

「えっと、パウル……だっけ？」

「あ、は、はい」

颯太に名前を呼ばれ、パウルは顔を上げた。

「どうして、ノエルバッツを探しているんだ？」

「それは……あの子を解放するためです」

「解放？」

「そうです。ずっとあの子を苦しめている鎖を破壊するために、僕は真実を告げようと追いかけてきました……残念ながら、間に合いませんでしたが」

再び項垂れるパウル。しかし、もしかしたらまだすべてが終わったわけではないのではないか、と颯太は考える。ノエルバッツを呪縛から解き放つ手段があるのなら、まだメアやジェイク・マヒーリス分団長たちを元の姿に戻せるかもしれない。

「いや、そうとも言えない。メアが言っていたけど、石にされた人々は死んでいるわけじゃないらしい。おそらく、ノエルバッツの歌の力は、石にされた人たちを元に戻す効果もあるはずなんだよ」

「メア？」

「ああ、ハルヴァの新しい竜人族だ」

「竜人族……なぜ、その竜人族がそう言っていたと断言できるのですか？」

「俺はドラゴンの言葉が理解できるんだ」

「えっ！　それって……でも、どうして――」

「説明している時間はない。君がその真実を話せば、ノエルバッツはブランドンから離れるんだな？」

「必ず！」

「よし……じゃあ行こう――ノエルバッツのところへ」

「はい！　あっちに馬を置いてきたので、それで行きましょう！」

ノエルバッツをブランドンから引き離せれば、まだ勝機はある。

見出した希望への道筋をたどるように、颯太はパウルと共に彼の馬に跨って森を駆け抜けた。

◆　◆　◆

「どうなってやがるんだ！」

ブランドン・ピースレイクは混乱していた。

兵数ではこちらが圧倒しているにもかかわらず、一向に戦局はこちら側に傾かない。開始当初こそ数に物を言わせて有利に戦いを進めていたが、徐々に劣勢となっていき、今や追い込まれている状況なのだ。

すべては指揮官の能力差が招いた結果であった。

ハルヴァ竜騎士とソラン王国守備隊の連合軍を率いるハドリーは、バカのひとつ覚えのごとく力押しで攻めてくるブランドン軍に対し、冷静に立ち回る。

押し込まれているかと見せかけて、敵を本陣に近づかせ、四方から取り囲むようにして攻撃を加えていった。陸戦型ドラゴンもその力をいかんなく発揮し、次から次へとブランドン軍の兵士を戦線離脱にまで追い込む。

追い込むといっても、怪我をさせたわけではない。剣を交えなくとも、相手に勝利する術は存在する。

「ひ、ひいっ！」

「ダメだ！　やっぱり竜騎士団には勝てねぇ！」

竜騎士団に圧倒され、兵士たちは一目散にその場を逃げだしていった。もとは成り上がりを目的に集まった烏合《うごう》の衆。彼らは報酬よりも命を優先する。誇りや意志を持たない彼らには、命を懸ける本物の騎士のような強者にはあらゆる面で劣るのだ。

一人、また一人と、ブランドン軍の兵士は武器を捨てて逃げ去っていく。

とうとう、ブランドン軍の兵数はソランとハルヴァの連合軍とほぼ同じくらいにまで落ち込んだ。

「さすがの手腕だな、ハドリー分団長殿」

エレーヌの口から感嘆の声が漏れる。

的確な指示と状況を先読みする観察眼。突発的な事態に対しても冷静さを保ち、常に最善の策を最短で騎士たちへ浸透させる。数多の戦場で培った経験に裏打ちされた、たしかな実力。

人を束ねることに関して言えば、ブランドンとハドリーでは天と地ほどの差があった。

ブランドン軍の一番の問題は、この実力差を指揮官であるブランドン自身がまったく理解していないという点。

相手が格上だと頭にあれば、それに応じた戦略を立てて多少なりとも渡り合えたかもしれない。

しかし、自分は誰よりも有能であると信じ込んでいるブランドンが、そんな考えに至るはずもない。彼はただ兵が弱くて情けないから負けているという認識しか持てないでいた。

「くそったれ！　使えねぇヤツらだ！」

自らは前線から離れた安全地帯で腕を組み、防戦一方の自軍の様子をまるで他人事みたいに眺めている。他人事だから戦況を読めず、好転の機を逃す。絵に描いたような無能の采配だ。

苦境に立たされたブランドンは舌打ちする。

「ちっ！　ノエルバッツは何をやっていやがる。まさか敵の竜人族に負けたんじゃねぇだろうな」

そもそも、今回はハルヴァとの交戦を想定していなかった。ノエルバッツという切り札がいればソラン王国の守備隊くらいなら容易にねじ伏せられると踏んでいたのに、まさかハルヴァの竜騎士団が出張ってくるとは。完全に予想外の事態であった。

それでも、そうした不測の事態にも対応しなければならないのが指揮官の務めだ。ましてや騎士としての矜持《きょうじ》を捨てたろくでなしや、まともな戦闘を経験していないはみ出し者ばかりで構成された今のブランドン軍こそ、指揮官の腕が求められるというのに。

ブランドンの思考は、「いつ逃げだそう」の一点のみ。

この場にいる役立たず共は切り捨てて、新しい腕っぷし自慢を集める。そしてノエルバッツと共に再度ソラン王国へ侵攻しよう。ブランドンはもうそんなことを考え始めていたのだった。

「けっ！　張り合いのねぇ連中だぜ」

ブランドン軍が苦戦する一方、ソランとハルヴァの連合軍は快勝ムードだ。久しぶりの実戦投入となったイリウスは、そんな統率の取れていないブランドン軍を相手に飽き飽きしていた。

どいつもこいつも考えなしに武器を振り回して突っ込んでくるだけ。それなら、知性の欠片も感じさせないゴブリンにだってできる。学習という言葉を知らないらしいブランドン軍の兵士たちへ、ハルヴァの竜騎士たちは一斉攻撃を仕掛ける。

その時だった。

「っ！　おいおい……マジかよ」

イリウスの鼻が、その場に舞い降りてはならないドラゴンの匂いを捉える。

大きく翼の羽ばたく音。

上空からゆっくりと大地へその身を下ろしたのは――歌竜ノエルバッツだった。

「まさか、ソータとメアンガルドは……」

思い描いていた最悪のシナリオが現実のものとなり、イリウスの背に乗るハドリーの顔から血の気が引いていく。この場にノエルバッツが戻り、颯太とメアの姿は見当たらない。つまり……

「石にされたか……あるいは……」

そこまで口に出して、ハドリーは残りの言葉をグッと呑み込んだ。もちろん、こういう状況に陥った場合も、どうすべきなのか、先の行動は決めてある。

「守備隊は一旦下がって街の防衛に専念！　竜騎士団は俺に続け！」

すでに十数人まで減少したブランドン軍の兵士には見向きもせず、陸戦型ドラゴンに跨る竜騎士の戦力をノエルバッツ一匹に集中させる。

特攻。それはまさに苦肉の策であった。

「ソータとメアンガルドの仇だ。行くぞ、イリウス！」

「おう！」

ハドリーとイリウスが先頭をきってノエルバッツへと向かっていく。

「――――♪」

しかし、ノエルバッツの口から放たれた歌が衝撃波となって、ハドリーたちを吹き飛ばした。

「なっ！」

竜人族と通常種の歴然としたスペックの違い。

それをまざまざと見せつけられて、イリウスは打ち震える。

「うはははははっ！　よくやったぞ、ノエルバッツ！」

後方にひかえていたブランドンが高笑いをする。

ハドリーとイリウスを吹き飛ばしたことで、ブランドン軍の消えかけた勢いは再燃した。逃げだしていた兵士たちもノエルバッツが帰還したのを見て形勢逆転と捉え、手放した武器を構え直して戦列に復帰し始める。

すべての歯車が、悪い方向へ回り始めている。

「こ、こんなことが……」

守備隊をソランの街へ撤退させたあと、エレーヌは絶望一色に染まる戦場で身動きが取れないでいた。兵数差に加えてノエルバッツの戦線復帰。ここから逆転するにはどうしたらよいのか。

「…………」

あの人なら――ゲイル・ピースレイクなら、こういう時どうするだろう。魔物の襲撃を受けても怯むことなく立ち向かい、多くの国民の命を救ったあの英雄ならば……

「……あきらめたりはしない！」

エレーヌは自答し、剣を握る手に力を込める。

自分も戦線に加わり、少しでもハドリーたちの力になろうと決意した――とほぼ同時に、さっきとは別種の歌が辺り一帯に響き渡る。

「――♪」

鼓膜が破れそうな声量にたまらず顔を伏せて耳を塞いだ。しばらくその歌は続き、ようやく止まったと思って顔を上げると――

「は、ハドリー分団長殿！」

エレーヌが叫ぶ。ハドリーを含む竜騎士団の面々が全員石像と化していたのだ。

「だーっはっはっはっ！　いい気味だぜ！」

ブランドンの下卑た笑い声が、戦場に轟く。

「それでいい。それでいいんだよ、ノエルバッツ。おまえがそうやって大人しく命令を聞いていれば、あいつらは解放してやる。以前のような静かな暮らしを約束してやろう」

「…………」

ノエルバッツが静かに頷いたのを確認して、ブランドンはその大きく出っ張った腹をタプンタプンと揺らしながら、エレーヌに向き直る。

「さて、残るはおまえだけだぞ――エレーヌ・ラブレー。賢いおまえなら、俺が今何を求めているか……わかっているな？」

戦場にただ一人残されたエレーヌへ、ブランドンが詰め寄る。

しかし、まだエレーヌの心は折れていない。彼女は気丈にも、剣を構えて戦う意思を示す。

「やめておけ。もうおまえ一人でどうかなる戦況じゃねぇよ――そこで提案がある」

「提案だと？」

「俺たちと一緒にソラン城へ来い。そうすれば、奥にいる街の者と守備隊の連中は見逃してやる……もっとハッキリと言ってやろうか？　――おまえは俺のモノになれ」

「！」

「新生ソラン王国……その初代王の第一夫人にしてやると言っているんだ。光栄だろ？」

到底受け入れられる話ではない。しかし、ここでその要求を断れば、ブランドンは今この場にいるすべての兵力を投入して残った者たちを惨殺するだろう。

「くっ……」

「ぐふふ、いいねぇ。その怒りと悔しさをにじませて葛藤する表情……最高にそそるぜぇ」

「下衆が……」

「まだそんな生意気な口を利くか？」

ブランドンはそっと右腕を上げる。あの腕が振り下ろされたら、兵たちは一気にソランの街へなだれ込むのだろう。それだけは、絶対にさせてはいけない。

「待て！　……わかった。おまえについていく」

「へっへっへっ、最初から素直にそうしておけばいいんだよ。おまえが敬愛する弟の墓前で、おまえが可愛く泣きよがる姿を見てもらおうじゃねぇか——さあ、俺たちの城へ帰ろうか」

多くの敵兵に取り囲まれたエレーヌは、力なく頷いて歩きだす。その様《さま》はまるで刑務所へ送られる囚人のようであった。

「ブランドン様、街の者たちはこのまま放置しておくのですか？」

兵士の一人が不満そうに囁《ささや》く。ブランドンは、ニヤリと笑って答えた。

「一通り楽しみ、あの女が絶望しきったら……今度は目の前で一人ずつ街の者たちを殺していく。そこであの女は完全に壊れるだろう。その時、あの女はどんな表情を浮かべ、どんな声で泣くのか……興味が尽きねぇな」

「っ……」

思わず、兵士は震えた。ブランドンの残忍性は常軌《じょうき》を逸《いっ》している。歪《ゆが》んだ己の欲を満たすため、ここまで他者を貶《おとし》めることができるのは、ある種の才能なのかもしれないとさえ感じる。

「ノエルバッツがいればハルヴァとの戦いにだって勝利できる。ハルヴァの領地を根こそぎ頂いたあとはペルゼミネやガドウィンにも戦争を仕掛ける……俺たちがこの世界の覇権《はけん》を握る日も近いぞ」

本能の赴《おもむ》くままに牙を研《と》ぐブランドンの猛威は、今まさにハルヴァへ向けられようとしていた。

◆ ◆ ◆

「ああ……ど、どうしよう。エレーヌさんが連れていかれちゃう」

ブランドンたちがエレーヌを連れて引き上げていくのを待機している建物の窓から見ていたキャロルは、ひどく狼狽《ろうばい》した。その横で、ブリギッテも動揺を隠せないでいたが、ここで自分が取り乱してはダメだと思い、冷静にキャロルへ話しかける。

「……街にいる人たちをハルヴァへ避難させましょう」

「で、でも、エレーヌさんが……」

「誰よりも国民を思っていた彼女が、自分からあいつらの下へつくとは考えられないわ。きっと、何か交換条件を突きつけられているのよ——従わなければ街の人々を殺す、とかね」

「ぐっ！　ワシらが不甲斐ないばかりに……エレーヌ隊長が辛い目に遭うなんて……」

前線から離れ、ソランの警護に当たっていたドルーは悔し涙を流す。国を捨てたあの男に、屈服せざるを得ない現状に対しての涙だった。

「ドルーさん、すぐに何名かの兵を割いて避難準備をしましょう。エレーヌ隊長が何かしらの条件を呑んだから街に被害が及んでいないとしても、それがいつまで続くかわかりません。あのブランドンの性格からして、私たちをこのまま生かしておくとは思えないです。すでに伝令を通してハルヴァにはソランの現状が知れ渡っているはず。ハルヴァに逃げれば、きっと受け入れてくれます」

「同感だ——よし、では二手に分かれよう」

ブリギッテからの申し出を受け取ったドルーは、守備隊を大きくふたつに分けた。ひとつはこの場に残り、街の人々をハルヴァの王都へ避難させる準備を進める部隊。もうひとつは、ドルー率いるエレーヌの救出部隊だった。

「必ずやエレーヌ隊長を救い出す」

救出部隊の人数は、たったの四人。自殺行為に等しいとブリギッテは反対したが、ドルーたちの強固な決意を目にして、最後には彼らの意見を尊重した。

「最初からやけっぱちになって突っ込んでいかないでくださいよ？」

そう念を押すブリギッテに、ドルーは笑顔で答える。

「心得ているさ。ワシらは何も死にに行くわけじゃない。この国の未来を救いに行くのだ」

馬に乗り、ありったけの武器を装備してソランの街を出るドルーたち守備隊。

ブリギッテとキャロルは、彼らの武運を祈ることしかできなかった。

◆　◆　◆

森を抜け出した颯太とパウルは、ソランの街を目指して馬を走らせていた。

かなりスピードを出しているため、振り落とされないよう、パウルにしがみつきながら、颯太は核心に迫る質問を投げた。

「それで、さっき言っていた真実っていうのはなんなんだ？」

「……ノエルバッツは今、かつて仲のよかった人間をブランドンに人質に取られているんです」

「な！　なんてこった……」

それがノエルバッツが頑なに説得へ応じなかった理由だったのか、と納得する颯太。

「彼女はブランドンから、人質はここから遠い場所に監禁してあって、裏切るようなマネをすれば監視している仲間に報せて全員殺すと脅迫されているんです」

「どこまでも卑劣なヤツだな……ブランドン・ピースレイクってヤツは」

竜人族の力を欲するあまり、同じ人間を人質に取るなど愚の骨頂。しかし、彼らを見殺しにできないノエルバッツはそれに従い、ソランの街を襲って古い友人であるメアまでも石化させてしまった。

「その話をしたってことは、人質に関することがノエルバッツを解放する鍵になっているのか？」

「正解です——というか、そもそも人質なんていないんですよ」

「へ？」

人質がいない？

ならば、どうしてノエルバッツはブランドンの言いなりになっているのか。

パウルはさらに説明を続ける。

「ノエルバッツが人間と共に生活していたのは、山間にある小さな炭坑のある村でした。日々を幸せに過ごしていたそうですが、つい最近、村で疫病が流行《はや》ったのです。原因不明で治療法もわからず、次々と感染して倒れていく村人たちを見兼ねたノエルバッツは、万病に効くとされる薬草を求めて大陸中を飛び回りました」

この世界の医療がどれほど発展しているかはわからないが、少なくとも颯太がいた世界とは程遠いものだというのはなんとなく察しがついた。

「それで……薬草は見つかったのか？」

「ダメだったそうです。結局、ノエルバッツが村へ戻った時には、もう村には誰一人として残っておらず、もぬけの殻でした」

「全滅したのか……」

「いえ、違います」

悲しい結末かと思いきや、あっさりと否定されてしまった。

「残った村人たちは村を出ました。近くの都で専門の治療を受けたおかげで、ほとんど全員が回復したと聞きます」

「なんだ、そうだったのか……で、それをノエルバッツは？」

「彼女は知りません。当時、国を見捨てて山をさまよっていたブランドンと僕ら元親衛隊は、憔悴《しょうすい》しきったノエルバッツと偶然遭遇しました。数日後、ブランドンからの突然の提案によって、その不幸な境遇を利用することにしたのです」

「利用したって？」

「ブランドンはノエルバッツにこう言いました。村人たちは自分たちが保護して治療しているが、莫大な治療費がかかるため、その分をおまえが働いて返せ、と。もし断れば、治療を中断するから村人はそのまま死ぬだろう、と付け加えて」

それで、ノエルバッツを言いなりにさせたのか。竜人族相手に大胆なことを思いつく。あるいはただの怖いもの知らずか。

ただ、ひとつ疑問が浮かぶ。

「ブランドンはどうやってノエルバッツの境遇を知ったんだ？」

竜の言霊を持たない限り、人間がドラゴンと会話することは不可能なはず。それなのに、なぜブランドンはノエルバッツの境遇を知り得たのか。

「それについては僕も詳しくは……ただ、ブランドンの影に、情報を与えた人物がいたようです」

「ノエルバッツに関する情報を？」

その人物とは果たして何者なのだろうか。

気になるところではあるが、今は現状の打破に集中しなければと颯太は気持ちを切り替える。

とにかく、疫病に侵されていた村人は全員助かっていた。その事実をノエルバッツに告げればこの戦いは終わる。あとは今夜にも合流するハルヴァの先遣隊と共に、ブランドン軍を打ち倒せば万事解決だ。マヒーリス分団のメンバーやメアも元通りになる。

「――あれは！」

パウルが何かを発見して、馬を急停止させた。解決への糸口を掴んで意気揚々としていた颯太は、パウルの背中に鼻《はな》っ面《つら》を強烈に打ちつけ、痛みに悶《もだ》える。

「な、なんだよ、どうしたんだ？」

「あそこを見てください」

パウルの指差した方を見る颯太。

現在、颯太たちは切り立った崖の上にいる。その下――荒れた道を進む一団の姿が目に入った。

「エレーヌさんがいるぞ」

「それにあれは……ブランドン・ピースレイク」

一団の先頭を行く太った男――ブランドンはその顔に余裕の笑みを張りつけて、遠目からでもご機嫌であることが窺えた。さらに、一団の最後方には人間形態のノエルバッツがいる。

「まさか……みんなやられたのか？」

「石にされているだけなら救いようはありますが……殺されていれば……」

そこはもう願うしかなかった。

あのハドリー率いる竜騎士団がそう易々《やすやす》と倒されるはずがない。きっと、何かうまい手を使って生き延びているはずだ。エレーヌが彼らと行動を共にしているのも、相手の懐に飛び込む策なのかもしれない。

そう考える颯太に、パウルがたずねてくる。

「どうしますか？」

「……あそこにノエルバッツがいるなら、俺たちもあいつらのあとを追おう。進んでいる方角から、どこを目指しているか見当はつくか？」

「たぶん、昨日一夜を過ごした旧ソラン城です。ほら、あそこに見える城ですよ」

「あれか……よし、先回りして忍び込もう」

「ならこっちが近道です！　全力で走らせるのでしっかりつかまっていてください！」

パウルはブランドンたちよりも早く城へ着くため、馬を飛ばす。

空がうっすらと暗がりになる頃、颯太たちは英雄の墓へ到着した。

「どこか、身を潜められるところはないか？」

「ならこっちです」

颯太たちは城門の影に身を潜めて、ブランドンたちの帰還を待つことにする。

しばらくすると……

「さあ、こっちへ来い！」

多数の兵士を引き連れて戻ってきたブランドンは、エレーヌを強引にゲイルの墓前へ引きずり出す。すっかり荒らされた英雄の墓。みんなで協力して綺麗に保ってきたその墓の変わり果てた姿に、エレーヌは落胆するよりも犯人であろうブランドンを睨みつけた。

「まだ反抗的な目をしてやがるな」

両手足を拘束されて自由に動けないエレーヌの後頭部に蹴りを入れ、そのまま踏みつけるブランドン。冷たい地面に頬を擦りつけられながらも、まだエレーヌはブランドンを見上げて睨んでいる。

「愛するゲイル様の墓を荒らされたのがそんなにお気に召さないか？」

挑発するような仕草で、ブランドンはエレーヌを見下した。それに同調して、周りの兵士たちもバカにするようにヘラヘラと笑う。

「あいつはっ！」

物影で様子を見ていたパウルが飛び出しそうになるが、颯太がそれを引き留めた。ここで怒りに任せて出ていっても勝ち目はない。

この場でノエルバッツへ真実を告げるのもひとつの策ではあるかもしれないが、唐突な事態に彼女がすぐさま反応できるとは思えない。彼女は今、心ここにあらずという感じで抜け殻状態となっているように見えるのだ。下手をしたら、ノエルバッツが理解する前に殺されてしまう。

機を窺おうと判断した颯太は、パウルの顔を見て首を横に振った。

そのおかげでパウルは我に返り、なんとかこらえる。

エレーヌの方はというと、睨む以外にこれといった行動を起こさなかった。もうじきハルヴァから援軍が到着することを見越して、下手に暴れるより時間を稼ごうという考えなのかもしれない。

「けっ！　なんの反応もしやがらねぇ……これではせっかくのショーも興醒《きょうざ》めになっちまうな」

「……ショーだと？」

言い知れぬ悪い予感から、エレーヌが無意識に一言漏らす。それを食いついたと判断したブランドンは、一気に上機嫌になった。

「そうさ。素敵なショーだぞ？　……街で怯えている意気地なし共をゲストに招いてな」

「っ！　貴様っ！　街の人たちには手を出さないと言ったはずだ！」

「そうカッカするな。ちょっとショーに参加してもらうだけだ。その前に——最高の舞台で最高の前座といこうか」

男たちが、エレーヌとの距離を縮める。取り囲まれたエレーヌは、それでも男たちを鋭い眼光で睨みつけていた。そんな彼女に、ブランドンはニヤニヤと言う。

「いやはや、その気の強さには感服するよ——それにしても、城にまで魔物が押し寄せてきた時は肝を冷やしたが、ちゃんと邪魔者の弟を葬ってくれてよかったぜ」

「……よかっただと？」

「そうさ。それに加えて俺の判断も間違いじゃなかった」

「判断？　国を捨てて逃げたことが最善の策だとでも言うのか！」

叫ぶエレーヌ。だが、ブランドンは怯むことなく続ける。

「俺様よりも国民から慕われる目障りなあいつを消したい。そこで俺様が近隣の魔物を呼び込めば、愚かな弟は一人でも多くの国民を救おうと、数名の親衛隊と共にその命を散らす。そして、戦略的撤退をした俺様が戻ってきた日には、きっと愚民共も弟亡きあとに頼れる者は俺様しかいないという事実に気づき、俺様に生涯の忠誠を誓う——という筋書きを描いていたが、まさか生き残りのゴミ共が守備隊とやらを結成して俺様と戦おうとはな。ここまで来ると愚かを通り越して滑稽《こっけい》でさえある。はっはっはっ！」

英雄ゲイルの死。

それは、奴隷と化した民に支えられる国を目指したブランドンの凶行が原因であった。

ブランドンの欲望を満たすために多くの命が失われた。国民から愛された英雄も死んだ。そして今、その元凶である男の手によって、再び悪夢が訪れようとしている。

「貴様は……貴様という男は！　そこまで性根が腐っていたのか！」

「政治的戦略だと言ってもらいたいな。はっはっはっ！」

ブランドンの笑い声が轟いたその時だった。

「ブランドォォォォォォォンっ！」

耐えきれなくなったパウルが飛び出し、ブランドンに斬りかかる。

彼にとってのゲイルは、もはや憧れを通り越して崇拝の対象ですらあった。そのゲイルをここまで侮辱され、我慢が臨界点を越えてしまったのだ。

完全に虚を突かれたブランドンは突っ込んでくるパウルを呆然と眺め、無防備なままその斬撃を浴びるかと思われたが……

「ひゃ、ひゃあっ！」

彼の気迫にブランドンは腰を抜かして——運悪く、それがブランドンを助けることになってしまった。尻もちをついたせいで、パウルによる渾身の一撃はブランドンの肩口をかすめた程度で終わる。もう一撃と振りかぶった直後、彼は周りの兵士たちに取り押さえられた。

「君は……パウル・フックスか」

「エレーヌ様……申し訳ありません……」

驚きの声を上げるエレーヌに謝るパウル。裏切ったことと奇襲に失敗したことの、ふたつの謝罪。

何度謝っても許されることではないと考えながらも、パウルはその後も謝罪の言葉を止めることができなかった。謝ることをやめたら、何かが壊れそうな気がして、怖くてたまらなかった。

「こ、こいつ……よくも俺様を傷つけやがったな！」

怒り狂ったブランドンはパウルの顔面に前蹴りを叩き込む。

「ふん、たった一人で乗り込んでくるとはいい度胸だ。しかし、賢くはなかったな」

奇襲失敗に終わったパウルは、せめてノエルバッツに真実を告げようとするが、顔面を蹴られた痛みで口がうまく動かせない。その必死な様子を不審に感じたブランドンは、ノエルバッツの存在に気づいて、彼女の脇に立っていた二人の兵士に命じる。

「おい、ノエルバッツをいつもの部屋へ閉じ込めておけ！　早くしろ！」

ブランドンは、パウルがノエルバッツに真実を語ろうとしていることを見抜いたのである。

今ここで、パウルに真実を語られてしまったら、計画が破綻《はたん》してしまう。ノエルバッツは世界を手中に収めるために必要不可欠な存在だ。何があっても手放してはならない。

兵士たちに連れられたノエルバッツは城内へと入っていき、堅牢な鉄製の扉が閉ざされた。

「さて、パウルくん？　君はなぜ俺様を裏切り、反逆者であるエレーヌを助けようとしたんだ？」

「決まっている！　貴様なんかより、エレーヌ様の方がこの国の王に相応しいからだ！」

口内に溜まった血をなんとか吐き出し、パウルは叫んだ。

「バカを言うな。あの女は王族でもなんでもない。ただの平民上がりの一兵士だ」

「平民上がりだからなんだって言うんだ！　エレーヌ様は貴様などよりもずっと優秀で、国民からの信頼も厚い！」

「黙れぇ！」

ブランドンは押さえつけられているパウルの左手を踏みつけた。

「あぐっ！」

肥満体の男による手加減なしの踏みつけ。手の甲辺りから骨の折れる音がする。

「一人目のゲストが飛び入りで参加してくれたんだ。すぐに使えなくなっては物足りん。せいぜい俺様たちを楽しませてくれよ？」

ブランドンが剣を手にした。

さすがにこのまま黙っているわけにはいかない。颯太は意を決して飛び出そうとする。

「待てっ！」

その時、ブランドンを止める叫び声がした。ブランドン側の兵士たちの後方から現れたのは、エレーヌを救うためにやってきたドルーたちだ。

ドルーがこめかみに青筋を立てて大声を出す。

「見せしめで兵を殺すか、ブランドン！」

「俺様の方針に口出ししてんじゃねぇぞ、ドルー！」

パウルから離れ、ドルーの方向へ歩きだしたブランドン。颯太はこれを好機と捉えた。

動くのは今しかない。

すぐにその場を離れ、ノエルバッツを追うために、正門以外の城内への入口を探す。すると、窓の一部が割れているのを発見したので中に入っていった。

部屋の構造からして、どうやらここは食堂のようだ。城の内部は魔物が襲来してから放置されていたようで、床に散乱する落下したシャンデリアのガラス片に注意しながら、食堂のドアをゆっくりと開ける颯太。ちょうど、兵に連れられたノエルバッツが階段を上がっていくところだった。

「この先にノエルバッツの部屋があるのか……？」

颯太は極力足音がしないよう、細心の注意を払ってあとを追っていく。

三階まで来て、ようやくノエルバッツが部屋に入ったが、そこからがさらに問題だった。

部屋の前で兵士がそのまま見張りについたのだ。

あの部屋にノエルバッツがいることは間違いないが、どうやって見張りをやり過ごして中へ入るか。二人だけとはいえ、相手は武器を持った成人男性である。武術経験のない颯太では正面突破は不可能だろう。

何か策を練らなければならない。それも、短時間で。

どうしたものかと頭を捻っていると……

「……！　あの部屋ってひょっとして……」

ふと、何かを思いついた颯太は近くにあった階段で四階へ。そこの一室に入ると、床に置かれた長めのテーブルクロスを自分の体に巻きつける。

「これを……どこかに括りつければ命綱になるはず」

そう、ノエルバッツが監禁されている部屋は、この部屋の真下にあるのだ。颯太は壁伝いに下へ向かい、部屋の窓から侵入しようと試みたのである。

窓の近くにあったテーブルの足に布を括りつけて、即席の命綱をこしらえる。テーブルが落ちないよう固定し、窓枠に足をかけていざ降下。

破れないか心配だったが、問題なく下りられた。胸を撫で下ろし、下にある監禁部屋へさらに降下していく。

歯を食いしばり、恐怖心を殺して、下りていく。幸運なことに、部屋の高窓が開け放たれていた。ここへ来て、運も自分に味方しているようだ。

「ふぅ……」

高窓の桟《さん》に足を置き、安堵のため息。そして――

「だ、誰ですか？」

ノエルバッツと対面した。

「あ、あなたはたしかメアンガルドと一緒にいた……」

「そうだ。高峰颯太……君たちドラゴンと話せる者だ」

外の兵士に気づかれないよう、声のボリュームを大幅に下げて話をする。

「私に……何の用ですか？」

「時間がないから単刀直入に言うよ――君はもうブランドンの言いなりにならなくていい」

「え？」

「君のいた村の人たちはすでに疫病から救われている」

「ど、どうしてそのことを⁉　それに、村のみんなが無事って――」

「何を騒いでいる！」

扉の向こう側に立つ兵士の怒鳴り声。彼らにノエルバッツの声は動物の鳴き声にしか聞こえないので、会話の内容を知られる心配はないが、彼女があまりにも大きな声を出してしまったせいで怪しまれたようだ。

「まずい……」

颯太は部屋を見回してみる。

飛び下りて隠れようとしても、荒れ果てた室内には家具のひとつもない。今ここで兵士たちが侵入してきたら、間違いなく見つかってしまう。

頼むから入ってこないでくれ！

颯太の祈りは――

「次うるさくしたらブランドン様に言いつけるからな！」

叶えられた。

静かに息を吐いてから、再びノエルバッツと向き合う。

「パウルが俺に真実を語ってくれた。君がかつて住んでいた村の人たちのことだ」

「パウルさんが……」

颯太がパウルの名を出した途端、ノエルバッツの表情が変わる。

「君と交流のあった村人たちは適切な治療を受けて回復に向かっている」

「じゃ、じゃあ……」

「すべてはブランドンが君を従えるために仕掛けた嘘なんだ」

「そんな……」

ノエルバッツがふらつく。あまり人を疑わない性格らしく、相当ショックを受けたようだ。

無理もない。

ブランドンの嘘のせいで、罪のない竜騎士たちや友であるメアを石にしてしまったのだから。

「君がもうブランドンに縛られる理由はない。あいつは嘘を並べて君の力を利用しているだけだ」

「私は……騙されていた……」

「だから俺たちと来い。その歌で、みんなを元の姿に戻して、一緒にブランドンを倒そう」

ノエルバッツの心はもう完全に傾いている。

あともう一押しで、完全にブランドンから離れられるところまできていたが……

「でも……私はみんなを石に変えてしまった」

これまで、ノエルバッツがブランドン側に味方をしていた最大の理由は、村人たちを守るためである。そのために、友人のメアやハルヴァの竜騎士団を石に変えたのだ。しかし、それが嘘だと知った時——これまで石に変えてしまった人たちの顔がノエルバッツの頭に浮かんだ。

たとえ元の姿に戻しても、自分が石に変えた事実は変わらないし、彼らの怒りも消えないだろう。そう考えていた。

「大丈夫だ」

颯太はそんなノエルバッツに力強く言った。

「誰もおまえを怒ったりはしない。みんな、おまえを助けたかったんだ」

「ど、どうして？」

「竜騎士団の人たちは、ドラゴンと仲良くしたいと思っているからだよ。中には戦争の道具だという人もいるだろうけど、俺やここに来ているリンスウッド分団の人たちはそんなことない。メアだって、一緒についてきただろ？」

実を言えば、ノエルバッツもそこには驚いていた。

少なくとも、自分が一緒にいる時、メアは決して人間に対して好意的ではなかったはずだ。それが今では人間と行動を共にし、さらには身を挺《てい》して人間を守った。過去のメアを知るノエルバッツには信じがたい光景だった。

しかし、それが颯太の言葉が真実である何よりの証拠ではないのか。

「おまえを悲しませるモノから、全力で俺が守る。だから――俺と一緒にここを抜け出そう」

人間嫌いだったメアを変えるほどの人間がハルヴァにいる。

今目の前にいる高峰颯太という人物だ。

彼の言うことは信頼できる。

漠然と、ノエルバッツはそう思った。

ならば、もうブランドンの指示に従う必要はない。

みんな助かったのだから。

みんな――

「……会いたい」

「うん？」

「みんなに……会いたいよぉ……」

しばしの沈黙ののち、ノエルバッツは泣きだした。

目を赤くはらし、鼻水が出てもお構いなしに。

颯太はとめどなく流れ出る滝のごとき涙を止めるべく、静かに囁く。

「会いに行こう。村の人たちに。俺が――俺たちが、君を導くから」

「……会えるかな？」

「会えるとも。俺も一緒に探しに行く。それに、メアも一緒だ。キャロルにブリギッテ――他にも、一緒に行ってくれる仲間はいっぱいいるよ」

「えへへ……なんだか楽しそうです」

泣き続けていたノエルバッツは、いつの間にか笑っていた。

そして、その小さな笑い声は、やがて光り輝くような「歌」へ変わっていく。

「す、凄い……」

夜になり、辺りは真っ暗であったが、ノエルバッツの歌にはたしかな輝きが備わっていた。まるでノエルバッツのいる場所だけスポットライトが当たっているのではと錯覚するくらいの輝きだ。

「――――♪」

歌は続く。

これまでの悲しみを帳消しにするかのごとく。

気高く澄み渡る優しい旋律。

これが、ノエルバッツ本来の歌声なのか。

その歌は、外で戦っているドルーたちにも伝わっていた。

「な、なんだこの歌は！」

「おぉ……不思議と体から力が抜けていく……」

「だが、決して不快ではない。むしろ、安らかな気持ちになって……」

武器を下ろすドルーたち守備隊の面々。戦意を失ったのは、彼らだけではなかった。

「な、なんて心に響く歌声だ……」

「俺は今まで……何をやっていたんだ……」

ガシャンガシャン、と音を立てて剣が地面に転がる。ブランドン軍の兵士たちも、ノエルバッツの歌声を耳にして、完全に戦意を喪失していた。

その様子を見たパウルは一人の男の姿を思い浮かべる。

「ソータ……さん……」

タカミネ・ソータがやってくれた。地面に突っ伏した状態のまま、パウルは「ありがとうございます」と心の中でつぶやいて感謝の涙を流す。

これで、ノエルバッツは解放された。もう二度と、無駄な涙を流すことはない。

パウルの傍らで歌声を聴いていたエレーヌは、ゆっくりと立ち上がる。

「パウル……君の剣を借りるぞ」

「っ！」

パウルは何度も頷いて「どうぞ」の意思を伝えた。銀色に煌めく分厚い刀身。エレーヌはそれを振り上げると、剣先をブランドンに向けた。

「これまでだ」

「な、何を言っていやがる……俺様はまだ負けちゃいないぞ」

「強がりはよせ。この美しい歌声は……ノエルバッツの意思そのもの。祝福に満ちた幸せを呼び、人々から争いを奪う平和の歌だ。もう戦わない――そんな決意に満ちた歌であることは、心の腐りきったおまえでも理解できるだろう？」

嘲るというよりは、哀れみのこもった瞳だった。

可哀想なヤツだ。

口に出さなくても、エレーヌがそう思っているとブランドンにはわかった。

その眼差しが、彼のプライドをひどく傷つける。

「ちくしょうっ！　おまえらっ！　さっさと戦えっ！　俺様のために命を懸けて戦えよっ！」

ブランドンの必死の呼びかけも虚しく、ノエルバッツの歌声に心を奪われた兵士たちは、とうとうその場に座り込んでしまった。その光景を目の当たりにしたブランドンはさらに取り乱す。

「なんでだっ！　なぜ俺様の手下は皆こうなるんだっ！　なぜゲイルの手下のように俺様へ忠誠を尽くし、死ぬまで戦わないんだっ！」

国民を置き去りにし、いの一番に逃げだした王を、誰も命を懸けて守ろうとはしない。いつ自分が裏切られるかわからないのに、命を懸けるだけバカらしいと感じるだろう。

しかし、ブランドンの価値観は違う。

国民とは無条件で王に尽くすものだと信じて疑わない。

だから、国民のために汗を流す弟のゲイルをずっとバカにしていた。そんなことをしなくても、国民は王である自分のために働き、命を懸けて戦うと本気で思っていたのだ。

その結果が、この現状だ。

皮肉にも、国民や兵士から慕われるゲイルの姿は、ブランドンがずっと理想としていた王の姿と一致していた――が、ブランドン自身がそれに気づくことは未来永劫あり得ないだろう。

「罪を償うのだな、ブランドン」

「罪だと！　王であることが罪だと言うのか！」

「そうではない。王でありながら、王としての務めを果たさなかったことへの罪だ」

「……それでも俺様は、王様だ！　この国の法でそう定められている！　俺様以外にこの国の王様はいないんだ！」

「そうだ。おまえは王だ。法律で定められた真の王だ――しかし、王という立場に居座るだけで、おまえは王としての働きを何もしなかった。そんな男を、民はどうして王と呼べようか。小さい頃から先代国王の働きをすぐ近くで見続けてきたはずなのに、なぜおまえは何もしなかった？」

ブランドンは何も答えなかった。

目に涙をためて、地団駄を踏み、うまくいかないことへの苛立ちを全身で表現している。ブランドンは、国の未来など考えてはいない。常に頭の中にあるのはいかにして楽に暮らしていくか、自分が贅沢をするか、そんな程度でしかない。

王という立場にふんぞり返っていた男の悲しい末路だった。

「クソがっ！　どこまでも俺様をバカにしやがって！」

ブランドンは剣を抜き、破れかぶれでエレーヌに突進する。

「おまえさえ死ねばっ！　ゲイルの魂に取りつかれたおまえさえいなければっ！　俺様が再びこの国の王様になれるんだよぉっ！」

「そうはならんっ！　貴様の薄汚い野望はここで潰《つい》えるっ！」

両者の間に流れる空気が一層張りつめ――

「うおおおおおおっ！」

「はああああああっ！」

直後、ふたつの剣が交差した。

その結果――

「がはっ！」

ブランドンが腹部から鮮血を飛び散らせ、その場に倒れ込んだ。

「エレーヌさん！」

ノエルバッツと一緒に監禁部屋から脱出していた颯太は、エレーヌに駆け寄った。反対側からはドルーたち守備隊も駆けつける。

「ソータか。ノエルバッツを連れているところを見ると……説得は成功したようだな」

「ええ、なんとか」

エレーヌがノエルバッツへ視線を移す。それにびっくりしたのか、ノエルバッツはささっと颯太の背後に隠れてしまった。

「嫌われてしまったか」

「違いますよ。ノエルバッツは、人々を石に変えてしまったことを後悔しているんです。だからきっと、どういう反応をされるのか怖がっているんですよ」

「そういえば、あれはノエルバッツの意思で行われたものだったのか？」

「いいえ。仲良くしていた人間の村人たちを盾に脅されてやっていました。本当の彼女は人間に好意的な、優しい子ですよ」

颯太は背後に隠れるノエルバッツの頭を撫でてやり、表に出てくるよう促す。それに応じたノエルバッツは、ビクビクしながらもエレーヌやドルーの前に姿を現した。

「の、ノエルバッツ……」

よろよろと立ち上がったパウルは、ノエルバッツを発見すると、両手で顔を隠すようにして泣き崩れる。なんとか口を開けられるまでにはなったが、傷の影響もあって話しづらそうだ。

「よかった……本当によかった……」

「エレーヌさん。彼は逃げだしたことをずっと後悔していました。だから、今度こそ兵としての務めを果たすため、そして、ノエルバッツを救うためにここへ戻ってきたんです。だから彼は――」

「わかっているさ、ソータ。わかっているとも……」

エレーヌたち守備隊のメンバーは颯太に言われずとも、その涙が嘘偽りのない真実のものであることを悟り、彼に寄り添った。一度犯した過ちを悔い、深く反省して立ち向かった若き兵を咎める者は誰一人としていない。

その様子を見ていたノエルバッツは、パウルに近づくと、ペコリとお辞儀をする。

「今までありがとう、パウルさん」

ノエルバッツの言葉がわからないパウルでも、感謝の気持ちを送られていることは理解したようで、「よかったな、ノエルバッツ」と傷だらけの顔で微笑んだ。

「お、おい、かなりヤバい状況じゃないか？」

「やっぱそう思うか？」

「なら逃げよう！　今すぐ逃げよう！」

旗色が悪くなったことにようやく気づいたブランドン軍の兵士たちは、一目散に逃げだしたが、思わぬ存在に阻まれる。

「逃がしはせんぞ」

上空からの聞き覚えがある声に、颯太は顔を上げた。

銀色の鱗に包まれた、浅葱色の瞳を持つドラゴン――メアンガルドだった。

「メア！　元に戻ったんだな！」

「ソータのおかげだ。おまえならやってくれると信じていたよ」

さっきの歌は戦意を低下させるだけでなく、石化した人を元に戻す効果もあったようだ。

ハルヴァの竜人族が現れたことで、ブランドン軍は降参。全員がその場で拘束された。

「いろいろあったが、これで万事解決のようだな」

地面に降り立つと同時に人間の姿に変身するメア。その目はノエルバッツへ向けられていた。

「め、メアンガルド……私は……」

「よく決心してくれた、ノエルバッツ」

その声には喜びや安堵や感謝といった、メアの感情のすべてが集約されていた。

「ハルヴァに安住の地を見出してから、我はずっとおまえのことが気がかりだった。ここならば、きっとおまえも人間と仲良く暮らしていける、と」

そこまで言って、メアは颯太を振り返る。その浅葱色の瞳が訴えていた――ノエルバッツをハルヴァに連れて行きたい、と。当然大歓迎だ。颯太は静かに頷くと、勧誘役をメアに一任する。

「ノエルバッツ……我と共にハルヴァへ来い」

「え？」

「ハルヴァのリンスウッド・ファームなら、おまえが望んでいた生活ができる。一緒に暮らそう」

「メアンガルド……」

今度はノエルバッツが颯太へ視線を送る。颯太は再びゆっくりと頷いた。

次の瞬間、ノエルバッツの顔が、パアッと花が咲いたように明るくなった。

「あの様子では、ノエルバッツはハルヴァ軍に加わりそうだな」

エレーヌがポンと颯太の肩を叩いて言う。

「そうなりそうですね」

「それは凄いですな。この短い間に二匹の竜人族を引き入れたソータ殿の力量や見事。リンスウッド・ファームは有能な若者をオーナーに迎えましたな」

ドルーに言われて、初めて颯太は自分の功績を噛みしめた。営業成績で言うなら、億を超える契約を結べたというところか。そう考えたら、実はとんでもないことをしでかしているんじゃないかと震えてくるが、同じくらいの達成感も覚えていて、非常に充実した心境であった。

と、その時。

「ぐあぁ……」

エレーヌの一撃で致命傷を負ったブランドンが立ち上がる。すぐさま構えるエレーヌたちであったが、すでにブランドンの顔面は蒼白となり、立っているのがやっとという状態だった。

「こ、このままでは終わらんからな……」

そこまで追い込まれながらも、依然として強気なブランドン。

「負け惜しみか」

「違う……そうじゃない……」

どうやら、ただの強がりではなさそうだ。ブランドンの口調と瞳には、確固たる自信が窺えた。

「ひひひっ……今に見ていろ……あいつが……あの男が……すべてを奪いに来るぞ……ははは……

「その日まで……せいぜい幸せに暮らすんだなっ！　あっはっはっはっはっはっはっ！」

ひとしきり笑い終えた時――それが、ソラン王国を絶望の淵《ふち》へと追いやったブランドン・ピースレイクが絶命した瞬間であった。

「今度こそ……本当に終わったんだな」

エレーヌはそうつぶやいたが、メアやノエルバッツは未だに顔を引きつらせている。ブランドンの最後の言葉が気になっているようだ。颯太にはその人物について思い当たることがあった。

「パウル……ブランドンが最後に言っていたあいつってまさか……」

「……おそらくは」

「心当たりがあるのか、パウルよ」

エレーヌからの問いかけに応えるため、パウルは自分の知り得る限りの情報を語り始める。

ノエルバッツを森で発見し、なんとか自軍の戦力に引き込もうとしていたブランドンのもとに、一人の男が現れた。

男はフェリガンと名乗った。

そこから先の詳細はブランドンに教えてもらえなかったが、ノエルバッツに関するさまざまな情報をブランドンへ授けたという。ブランドンはあっさりと信用し、なぜその男が歌竜の情報を握っていたのかについては追及しなかったようだ。

「目的がまったく読めんな。一体何者なんだ……そのフェリガンという男は」

眉間にしわを寄せるドルー。ようやくひとつの問題が片づいたと思ったのに、今度はまた別の問題が浮上した。

重苦しい空気を変えるように、エレーナが口を開く。

「そう難しい顔をするな、ドルー。政《まつりごと》に悩みは付き物だ。それをみんなで解決していくことが国としての正しい姿だと私は思う」

みんなで解決——それはすなわち、これまでの絶対王政からの脱却を意味していた。

「ソランの国は、今日から真の意味で生まれ変わる。積極的に外交活動に励み、諸外国との良好な関係作りから始めていかないとな」

正体不明の男より、まずは着実に国としての力をつけることに専念する。エレーヌの言葉に対し、全員が首を縦に振った。

「エレーヌ……いや、エレーヌ様。あなたが指揮を執り、この国を発展させていってください。ワシらも及ばずながら力になりますぞ」

「ははは、急にかしこまった喋り方をしないでくれ。これまで通りでいいさ。どうにも、私に尊大な態度は合わない」

エレーヌと守備隊の面々は笑い合う。

しかし、颯太の顔は険しかった。

謎の男——フェリガン。

この件についてはハドリーの耳にも入れておかなければならないだろう。そして、大国であるハルヴァが主導となって調査した方がいい。直接的な被害に遭ったソランは、まず国力の回復を最優先させるべきだ。

——まあ、そんな小難しい話はさておくとして。

「メア、ノエル……とりあえず、ややこしい話は後回しだ。それよりも、みんなでこの勝ちを一緒に喜び合おう」

「そうだな」

「はい！」

メアとノエルバッツの頭に手を置いて元気に言う颯太。二匹は嬉しそうにニッコリと笑って、颯太のナデナデを受け入れていた。

新しい国の誕生を祝福するように、光の粒子は空を明るく彩り続けた。

◆　◆　◆

「さあ——みんなのところへ帰ろう」

旧ソラン城での死闘が終り、一息ついたところで、エレーヌが全員に呼びかける。

ブランドンに加担していた兵士たちは、抵抗できないようノエルバッツの歌で一時的に眠らせてからメアがまとめて運ぶこととなった。

「あの歌にはそんな効果もあるのか」

感心する颯太。

メア曰く、ノエルバッツは「石化」「睡眠」「浄化」の三種類の効果がある歌に加え、その歌声自体を衝撃波のようにして相手にダメージを与えることも可能だという。

旧ソラン城を発ってから数十分後。

一行がソランの街へ到着する頃には、すっかり夜が明けていた。

「見ろ！　騎士たちが戻ってきた！」

ソランの街へ戻ると、防衛に当たっていた兵士や、石にされていたハルヴァ竜騎士団たちが颯太たちを待ち構えていた。その中にはハドリーとジェイクの姿もある。さらに、ハドリーが呼んだ援軍と思われる兵士も多く見られ、最初に来た時よりもかなり人が増えていた。

「ソータ！」

「ソータさん！」

ブリギッテとキャロルが目を真っ赤にしながら颯太を出迎える。メアと共に行方不明になってから、二人は最悪の結末を覚悟していたらしい。

ハドリーには「やっぱりおまえはたいしたヤツだ！」と力いっぱいハグされて、窒息寸前になった。

ハグ攻撃を終えたハドリーは、颯太の後ろへ隠れておどおどするノエルバッツへ、声をかける。

「ノエルバッツ……君も協力してくれたんだな」

ただでさえハドリーが凶悪な人相をしている上に、一度石にしてしまったという負い目がノエルバッツを委縮させた。

怯えるノエルバッツにハドリーが四苦八苦していると、一人の男がハドリーたちに近寄る。

「君が……ノエルバッツか」

歩み寄ったのは、ノエルバッツ最初の被害者であるマヒーリス分団の分団長――ジェイクだった。

「あっ」

ビクッとノエルバッツが震える。

自分のせいで石になっていたという揺るぎようのない事実が、どうしても恐怖となってその体に襲いかかってくる――が、ジェイクはノエルバッツの予想に反してニッコリ笑った。

「一時はどうなるかと思ったが、君が思い直してくれてよかったよ。石になる最中、このまま生まれてくる子どもにも会えなくなるのかと思ったが……まあ、こうやって元通りになれたからよしとしよう！」

ジェイクは「だから気にすんなよ！」と笑い飛ばして部下たちのもとへ戻っていった。その部下である兵士たちも、ノエルバッツへ敵意を向けていない。

その様子を見た颯太が思わずつぶやく。

「なんていうか……大らかな人ですね」

「ジェイク・マヒーリスはそういう男だ。あいつ自身があんなんだから、部下も影響を受けて似たような性格になっちまう。影響力が強いんだよ。俺は同期なんだが……あいつにだけは何をやっても勝てる気がせん」

ハドリーにしては珍しく弱気な発言だ。しかし、それも頷けるくらいジェイク・マヒーリスという男はいろいろと規格外な男であった。

竜騎士団や守備隊の兵士、そして街の人たちへの報告を済ませた颯太たちは、一旦守備隊の駐屯地へ集合し、議論する運びとなった。

議題はソランの今後について。

ブランドン・ピースレイクの死により、王家の血が途絶えたソラン王国では、新しい体制を早急に整える必要がある。「王不在の王国」という形がこれ以上続くのはよろしくないというハドリーとジェイクの意見から、暫定的でも国の代表者として国王の名を持つ者を選出しておくことにした。

その「王」を名乗る国の代表者については、満場一致で一人の女性が選ばれる。

「エレーヌ・ラブレー……君に任せたい」

国民を代表して、ドルーがその旨を本人に伝えた。

選出に戸惑いを隠せないエレーヌであったが、ドルーからこれまでの功績を挙げられ、「あなたしかいない」とまで言われてしまったら断れない。

「わかりました。お受けします」

早くも王としての自覚が芽生えたのか、表情をキュッと引き締めた「女王」エレーヌ。

「これからはエレーヌ女王と呼ばねばなりませんな」

ハドリーが冗談っぽく言って場を和《なご》ませると、エレーヌは顔を綻ばせた。これから王としてさまざまな困難が待っているだろうが、あの笑顔が健在なうちは、王としての自覚を持ちつつ気負いなく国をまとめていけるだろう。

◆　◆　◆

翌日。

新女王誕生の一報はあっという間に国民全員に広まり、誰もが新しい女王の誕生を喜んだ。

「私は女王になった。しかし、ソラン王国の明日を創るのは私だけではない。今、ここにいるみんなの協力なくして正しい国は成らない。私は、この国に住むすべての民と共に、平和と安寧が永久に続く国家を築き上げると宣言する」

街の中央にある広場で、新女王のエレーヌは全国民に向けてそうメッセージを送った。その熱は国民にしかと伝わり、この歴史的な一日を祝おうとあちらこちらでお祭り騒ぎが起きていた。

ちなみにパウルの処遇については、最後の働きと過去の行いを深く反省していることを考慮して特別に不問とされ、彼は改めて守備隊の一員として国のために戦うことをエレーヌに誓ったのだった。

「新しい王の誕生……歴史的な場面に立ち会えたんだな」

「たしかに、ここまで根っこから政治体制が入れ替わるなんて、なかなか起きないからね」

颯太とブリギッテは、熱気に包まれる国民の後方から、エレーヌの演説を並んで聞いていた。

「なんていうか、あなたとこうして話すのが随分と久しぶりな感じがするわね」

「同感だ。実際は一日くらいなんだけど」

メアが石化した時の絶望から、旧ソラン城でのノエルバッツ説得までは、数日くらい経っているんじゃないかと錯覚するくらいの密度だった。

「まったく、石化なんてもうこりごりだぜ。俺の美しい尻尾の曲線美が損なわれちまう」

「ご、ごめんなさい……」

「イリウス……」

「じょ、冗談だって！　そんな可愛い顔で睨むなよ、メア」

あっちではドラゴン三匹が早速仲良く遊んでいる。そこへキャロルが乱入し、「あなたの名前は今日からノエルちゃんね！」とノエルバッツ改めノエルに抱きついていた。

「ソータ、ちょっといいか」

微笑ましいやりとりを父親のような心境で見守っていた颯太に声をかけたのは、ハドリーだった。

ブリギッテに「ちょっと行ってくる」と言い残して、颯太は手招きしているハドリーのもとへ走る。

「詳しい話は王都へ戻ってから改めてするが、とりあえずこれだけは言っておく」

「なんですか？」

「ノエルバッツをリンスウッド・ファームに預けることに関しては、俺とジェイクが推薦をしておくから許可が下りるだろう――が、それをよしとしない連中も少なからずいる」

「……他の同業者ですね」

「正解だ」

ドラゴン育成牧場はリンスウッド・ファームだけではない。

いわゆる「大手」と呼ばれる育成牧場――そこが、立て続けに竜人族を引き入れたリンスウッド・ファームをよく思わないのは目に見えていた。

「昔ほど各牧場でいがみ合うようなことはなかったが……さすがに二匹の竜人族がこれほどの短期間で戦力として加わると、面白くないと感じる輩《やから》もいるだろう」

口には出さないが、ハドリーにはその「輩《やから》」に心当たりがあるようだった。

「今回の件は当初の想定より大規模な戦闘になった。さらに、王族の死となればブロドリック大臣だけでなく、国王陛下へ直接報告する必要も出てくる」

「国王……」

東方領ハルヴァ国の国王。

王都があるのだから、ハルヴァにも王がいるのは必然だ。しかし、よく考えてみたら、颯太は国王の名前さえ知らなかった。

「国王陛下への報告は俺に任せておけ。おまえは……他の牧場主たちへの対応を考えておいてくれ。特に――」

ハドリーがちょいちょいと指を動かす。そのジェスチャーの意味を読み取った颯太は、そっと耳を近づけた。

「マーズナーには気をつけろ」

「……そこが一番厄介ってことですか？」

「他の牧場と比べると、な。ミラルダ・マーズナーという男は商才こそ豊かだが少々性格に難があるんだ。最近になってオーナー職を退き、後継者に譲ったそうだが……あいつの息のかかった人間だとすると、あまり期待はできない」

うんざりした様子のハドリーを見る限り、そのマーズナーとやらがリンスウッド・ファームにとって一番の障害となりそうだ。

ソラン王国と同じく、新たな道を歩み始めたリンスウッド・ファームにも問題は山積していた。

だが、エレーヌを中心にして再建に燃えるソランの国民たちを見ていると、自分も頑張らなければいけないな、と闘志を掻き立てられる。

「やりますよ、俺は……リンスウッド・ファームのために」

そして、この世界で生きていくために。

颯太の瞳は決意の色で染まっていた。

◆　◆　◆

「もう行ってしまうのか？」

式典終了後。

ハルヴァへの帰還準備を進める颯太たちのもとへ、式典の際に着用していたものより少し薄いドレスに着替えたエレーヌがやってきた。

「エレーヌ女王？　どうしてここに？」

馬車に荷物を積んでいた颯太が手を止めてたずねると、エレーヌはブランドンと対峙していた時の険しかった表情からは想像もできないくらい柔和な笑顔で答える。

「この国を救ってくれた英雄たちの見送りに来たのだ」

見れば、訪れたのはエレーヌ新女王だけじゃない。

パウルとドルー、その他ソラン王国を救うため共に戦った守備隊の面々も、颯太たちリンスウッド分団の見送りに来てくれた。

「ソータさん……改めて、本当にありがとうございました！」

パウルが颯太の両手を掴み、興奮しながら礼を述べる。続いてドルーも、パウルに比べたらずっと冷静でおとなしめに握手と感謝の言葉を送った。

「次に我々が会うとすれば、一ヶ月後にあるハルヴァの舞踏会だな」

エレーヌの言葉に、颯太は首を傾げた。

「舞踏会？」

「知らなかったのか？　ハルヴァでは二年に一回、各国の王をはじめ重臣たちが集《つど》う舞踏会が開かれるんだ。私も、新生ソラン王国の女王として参加する予定だ」

舞踏会――華やかで煌びやかな上流階級の社交場。

国王や貴族の概念はあるみたいだし、そうしたイベントが催されてもなんら不思議ではない。

「でも、俺には無縁の世界ですね」

「そうとも言えないんじゃない？」

割って入ってきたのはブリギッテだった。

「今回の功績を考慮したら、あなたが呼ばれる可能性も十分あると思うわ」

「そ、そうなのか？」

「私もそう思うぞ。だから、その場でまた君たちに会えることを楽しみにしている」

「こちらこそ」

颯太はエレーヌと固い握手を交わす。

最後の挨拶を終えた颯太は、キャロルたちの方を振り返った。

「さあ、ハルヴァへ帰ろう」

荷物を積み終えたのを確認してから馬車へ乗り込み、竜騎士たちと共にこの異世界での故郷――ハルヴァを目指して出発する。

「さよーならー」

窓から顔を出して、名残惜しそうにソランの人たちに手を振るキャロル。

座った途端に安らかな寝息を立てるメアとノエル。

その二匹の頭を左右の膝にそれぞれ乗せて髪を撫でているブリギッテ。

イリウスもハドリーもジェイクも――みんな無事にハルヴァへと帰る。

一仕事を終えた颯太はこれまでにない達成感で満たされていた。

これが、本当の意味で「仕事をした」ということなのだろう。

その余韻に浸りながら、颯太は次の仕事へ向けて意欲を燃やす。

メアやノエルのように困っているドラゴンの力になり、人間と良好な関係を築く手助けをする。

それが、レグジートから竜の言霊を授かった自分の役割だと思うから。

「……やってみせるさ。異世界でドラゴンを……この子たちを育てる。それが俺の仕事だ」

そうつぶやき、颯太は第二の故郷となったハルヴァへと帰還した。

戦闘で役立たずだからと、英雄パーティを追い出された少年、クルト。町で適性検査を受けたところ、戦闘面の適性が、全て最低ランクだと判明する。生計を立てるため、工事や採掘の依頼を受けることになった彼は、ここでも役立たず……と思いきや、八面六臂の大活躍!　実はクルトは、戦闘以外全ての適性が最高ランクだったのだ。しかし当の本人はそのことに気付いておらず、何気ない行動でいろんな人の問題を解決し、果ては町や国家を救うことに——!?

◆定価:本体1200円+税　◆ISBN:978-4-434-25747-6

◆Illustration:ゾウノセ

装備製作系チートで
異世界を自由に
生きていきます
Author：
tera
1・2
アルファポリス
Webランキング
第1位の
超人気作!!
かわいいペットと
気ままに 生産ぐらし！

装備製作系チートで
異世界を自由に
生きていきます
tera
アルファポリスWeb
装備製作系チートで
異世界を自由に
生きていきます 2
tera
俺はクエストを達成したり武器を作ったり。
でもペット達はもっと大活躍——
異世界の醍醐味は
ダンジョンより飯！
超人気！アルファポリスWebランキング
アルファポリス

世話焼き男の
Sewayakiotoko no monodukuri slow life
物作りスローライフ
1・2
悠木コウ
Yuki Kou
ゆる〜い家族に囲まれて
悠々自適に
魔導具作り！
ネットで大人気の
のんびり発明ファンタジー！
現代日本で天寿を全うし、貴族の次男として異世界に転生したユータ。誰しもに使えるはずの魔法が使えないという不幸な境遇に生まれたものの、温かい家族に見守られて健やかに成長していく。そんなユータが目指すのは、前世と同じく家族を幸せにすること。まずは育ててくれた恩を返そうと、身近な人のために魔導具を作り始める。鍵となるのは前世の知識と古代文字解読能力。ユータだけが持つ二つの力をかけ合わせて、次々と便利なアイテムを開発する――！
◆各定価：本体1200円＋税　◆Illustration：又市マタロー
世話焼き男の物作りスローライフ
世話焼き男の物作りスローライフ 2
悠木コウ
世話焼き男が新魔導具で森の再生に挑む！
人間嫌いの精霊、一匹狼の魔物……
累計3万部！
アクの強〜い急造チームで
古《いにしえ》の森を探索！

この作品に対する皆様のご意見・ご感想をお待ちしております。
おハガキ・お手紙は以下の宛先にお送りください。

【宛先】
〒150-6005 東京都渋谷区恵比寿4-20-3 恵比寿ｶﾞｰﾃﾞﾝﾌﾟﾚｲｽﾀﾜｰ5F
（株）アルファポリス　書籍感想係

メールフォームでのご意見・ご感想は右のＱＲコードから、
あるいは以下のワードで検索をかけてください。

アルファポリス　書籍の感想　検索

ご感想はこちらから

本書はWebサイト「アルファポリス」（http://www.alphapolis.co.jp/）に投稿されたものを、改題、改稿のうえ、書籍化したものです。

おっさん、異世界《いせかい》でドラゴンを育《そだ》てる。

鈴木《すずき》 竜一《りゅういち》

2019年3月29日初版発行

編集－藤井秀樹・篠木歩・太田鉄平
編集長－塙綾子
発行者－梶本雄介
発行所－株式会社アルファポリス
〒150-6005 東京都渋谷区恵比寿4-20-3 恵比寿ｶﾞｰﾃﾞﾝﾌﾟﾚｲｽﾀﾜｰ5F
TEL 03-6277-1601（営業） 03-6277-1602（編集）
URL http://www.alphapolis.co.jp/
発売元－株式会社星雲社
〒112-0005 東京都文京区水道1-3-30
TEL 03-3868-3275
装丁・本文イラスト－ヨシノリョウ
装丁デザイン－AFTERGLOW
印刷－図書印刷株式会社

価格はカバーに表示されてあります。
落丁乱丁の場合はアルファポリスまでご連絡ください。
送料は小社負担でお取り替えします。

ISBN978-4-434-25803-9 C0093